Richard Cumberland

Der Kolerische

Ein Lustspiel in fünf Aufzügen

Richard Cumberland

Der Kolerische
Ein Lustspiel in fünf Aufzügen

ISBN/EAN: 9783743370692

Hergestellt in Europa, USA, Kanada, Australien, Japan

Cover: Foto ©Andreas Hilbeck / pixelio.de

Manufactured and distributed by brebook publishing software (www.brebook.com)

Richard Cumberland

Der Kolerische

Der Kolerische.

Ein
Lustspiel in fünf Aufzügen.

Nach dem englischen
des
Herrn Kumberland.

Für das kais. kön. National=Hoftheater.

Wien,
gedruckt bey Joh. Joseph Jahn, Universitäts=
Buchdrucker, und zu haben beym Logenmeister
beyder k. k. Theater.
1786.

Personen.

Andreas Nachtschatt.

Sir Manlov, sein Bruder, Rath und Parlaments-Advokat.

Frampton, Advokat.

Stapelton, ein Kaufmann.

Karl Manlov.

Hans Nachtschatt, sein Bruder.

Dibble, Notarius und Schreiber bei Herrn Manlov.

Gregory, des alten Nachtschatt Diener.

Friedrich, Karl Manlovs Diener.

Frau Stapelton.

Lätizie.

Luzie, ihr Mädchen.

Ein Bedienter.

Erster Aufzug.

Sir Manlovs Zimmer.

Erster Auftritt.

Frampton (ist an seinem Schreibtisch beschäftigt.) Sir Manlov (kommt von einem Spaziergang zurück.)

Frampton. (Steht auf und geht ihm mit einigen Papieren entgegen.)

Sie haben Ihren Spaziergang diesen Morgen ungewöhnlich verlängert.

Manlov. Der Reiz des Gartens hat mich über die bestimmte Grenzen geführt. — Wartet jemand?

Frampton. Niemand.

Manlov. Sind einige Rechtshändel vorhanden?

Frampton. Verschiedene. (Er giebt ihm einige Papiere.)

Manlov. (Sieht sie flüchtig durch.) — Dächte alle Welt so wie ich, ein jeder würde seine Streitigkeiten bei einer Flasche Wein ausmachen, und vergnügt seyn. (Er blättert und liest abgebrochen.) Lit. A. „entdeckt — B. „Rüben aus dem Felde gerupft ꝛc. ꝛc." Das ist ein Klient für Sie, Herr Kollega! Der wird mit den Krähen Prozeß anfangen, weil sie Würmer aus seinem Misthaufen picken. — Ists möglich: seinen Nächsten wegen einer Rübe gerichtlich zu belangen? Eine einzige Rübe soll der ganze Verlust seyn!

Frampton. Vielleicht seine ganze Nahrung; — so lange wenigstens, bis es durch mich besser mit ihm stehen wird.

Manlov. (Liest.) „Niklas Schwanenhaut, „in der Zwirnnadel-Gasse, Schneider, fragt „an: wie Er gerichtsmäßig gegen seine Frau, „im Fall eines unerlaubten Umganges, ver„fahren solle?" — Wie viel Sporteln fielen „bei diesem Responso aus?

Frampton. Eine halbwichtige Guinee, Sir.

Manlov. (Für sich.) Mehr als ein halbwichtiger Mensch verdient! — (Laut.) Geben Sie dem Schneider seine Guinee wieder, und rathen ihm, sein Schneidergewerb fortzutreiben, und seine nichtswürdige Frau in dem ihrigen ungestört zu lassen. Beide nach Belieben. — Hören Sie, Frampton, Sie scheinen doch einen neuen Rock zu brauchen, lassen Sie sich sogleich einen bei ihm anmessen; denn der Kerl, wie es scheint, schneidet gern Arbeit für die Advokaten zu. Schicken Sie mir Dibble her. — Doch, hier kommt er schon:

Frampton. (Geht an seinen Schreibtisch zurück.)

ein Lustspiel.

Zweiter Auftritt.

Die Vorigen, Dibble.

Manlov. Hat er der Miß Bellmohr ihre Papiere bei Handen?

Dibble. Hier sind sie.

Manlov. Ist mein Gutachten über das Testament kopirt?

Dibble. Es ist fertig, bis auf die Unterschrift. (Er reicht Manlov eine Feder.)

Manlov. (Unterschreibt.) Ohne Zweifel ist auch die Abschrift fidimirt? Leg er diese Papiere unter ein Kouvert zusammen, und bring er sie der Miß Bellmohr, nebst meinem Kompliment, und ich würde die Ehre haben, ihr diesen Vormittag noch aufzuwarten, um ihr einige Umstände zu erklären, welche Erläuterung bedürfen.

Dibble. Gut, Sir! (Er geht an einen Tisch, und legt die Papiere zusammen.)

Manlov. Sind Sie fertig, Frampton? Kommen Sie, es ist Zeit in die Gerichtsstube zu gehen. Wie wir beide, gegen den geleckten, netten Herrn da aussehen! Sein Vater trug Livree — seine Schwester ist Stubenmagd bei Miß Bellmohr; das Frauenzimmer, zu welchem er jezt in diesem Affenkleide geht. — — Wirklich liegt was kluges in der alten Kleider-Distinktion. Wenn manche Gerichtsleute ihre große Perücken ablegten, so würde man in denen Kahlköpfen, weit weniger Vernunft und Weisheit finden, als man unter denen haarreichen Perücken vermuthet. (Gehen ab.)

Dritter Auftritt.

Gregory (anfangs von aussen.) **Dibble.**

Gregory. (Pocht an der Thüre.)
Dibble. Wer ist draussen? Herein!
Gregory. (Tritt ein.)
Dibble. Ha Gregory, bist du's! Was für ein Wind hat dich hieher geblasen? oder welche Hexe hat dich auf ihrem Rücken hergebracht?

Gregory. Keine Hexe, wohl aber eine alte Schindmäre mit einem schweren Mantelsack hinterm Sattel, die mir meine Rippen mörderlich zusammengestossen hat. Herr Dibble, wo sind seine Herrlichkeit?

Dibble. Sir Manlov ist ausgegangen. Gieb mir deine Hand, alter Knabe! — Was giebts guts Neues in eurer Gegend? Habt ihr den alten Murrkater noch nicht begraben?

Gregory. Begraben — ja, so viel Glück ist uns noch nicht beschieden! Es ist ein zäher Bissen — er poltert noch immer auf der Erde herum; wie es mein Kopf beweisen kann. (Er zeigt seinen Kopf.)

Dibble. In der That, eine mordsüchtige Schlägerei!

Gregory. Ja wohl! Doch er kennt so sehr die Stärke meiner Hirnschale, wie ein Müller die Stärke von dem Rücken seines Esel's, drum schlägt er auch eben so oft darauf. Ja, er hat tüchtige Fäuste! — aber wann werden seine Herrlichkeit, Sir Manlov, nach Hause kommen?

Dibble. Gleich, gleich. — Was bringt denn dich, alten Gecken, hieher?

Gregory. Die alte Sendschaft. — Ein Bißchen Prozeß — ein kleiner Tanz zu der Musik
un-

unsers Pfarrherrn, und so mancher Andern, die mein Herr vor Gericht belangt hat.

Dibble. Fünfe gegen eins, ihr seid Kläger in der Sache! — Wie befindet sich aber mein Spielkammerad, Ritter Hans? Wie gehts dem armen Jungen?

Gregory. Bei meiner Seele, gut daß er mich daran erinnert, Herr Dibble; hier ist ein Brief von ihm. Ein unbarmherziges Gekritzel! Kurrent kann der Junker noch nicht schreiben. — Ich mag predigen so viel ich will, und ihm sagen, was für ein feiner junger Herr sein Bruder Karl hier ist. — Doch ich muß den Sir Manlov nennen — denn seine Herrlichkeit haben ihn ja seit seiner Zurückkunft von Reisen zu seinem Dienstnachfolger, wie ich höre, bestimmt. Nicht wahr, Herr Dibble?

Dibble. Ja, ja, es geschah leztern Gerichtstag. Er heißt nicht mehr Karl Nachtschatt, sondern Karl Manlov; und ein herrliches Vermögen in Baarschaft, hat er obendrein versichert bekommen.

Gregory. Alle diese Dinge vom hohen Steigen seines Bruders, wiederhohl' ich öfters unserm jungen Schwärmer Hans; ich könnt' aber eben so leicht die Vögel aus der Luft herunter pfeifen, als den von seiner Leichtfertigkeit abbringen. Wenn der Alte, der so ernsthaft wie ein Kater dasizt, des Abends in sein gewöhnliches Schläfchen sinkt, dann schleicht sich der Junge weg, und schwärmt wie ein Wahnsinniger die halbe Nacht durch, im Dorfe herum. Herr Dibble, hat er seinen Brief zusammen buchstabirt?

Dibble. Ich will ihn Dir vorlesen. (Liest.) „Lieber Pickle! Der alte Murrkopf will nach „Londen abreisen, und denkt mich auf dem „Lan-

„Lande zurück zu lassen. Aber das soll er nicht.
„Ich muß noch eins mit euren jungen Burschen
„zechen und schmaußen. Mittwoch Nachmit-
„tags bin ich Sinnes beym Bruder Karl zu
„seyn, wo wir uns treffen wollen. Der alte
„treue Gregory bringt diesen Brief. Doch
„stille davon! Dein Hans Nachtschatt." — Du
weißt also von diesen Schlichen, Gregory?

Gregory. Ja wohl, Herr Dibble! Wir alle
sind auf seiner Seite: keiner von uns Bedienten, würde ihn anklagen, begieng er auch wirklich einen Todtschlag.

Dibble. So? Aber halt, hier auf der andern Seite steht noch mehr geschrieben. (Liest.)
„Gregory sagt: daß ich den ersten August schon
„mündig worden wär'; wenn ihr mir ein sau-
„beres nettes Mensch wißt, die mich aus den
„Klauen des alten Murrkopfs reissen will, so
„will ich mich von Herzen gern auf mein gan-
„zes Leben an sie schmieden lassen. NB. Sie
„muß aber eine glatte Haut haben, und ver-
„schmizt seyn, sonst fängt mich die Lockspeise
„nicht." — So, so! er will also ein Weib
haben, wie du selbst siehst! — Ich hab' eine
im Garn für ihn — eine aus meiner Freund-
schaft. Vorausgesezt, daß du mir versprichst,
auch mit Hand ans Werk legen zu wollen.

Gregory. Ich, Hand anlegen? Herr Dibble, er ist ein Stück von einem Advokaten, und
kann also für sich selbst streiten. — Ich bin nur
ein armer Bedienter, und habe meinen guten
Namen zu verlieren.

Dibble. Wohl, wohl! wenn ich dich aber
für deinen guten Namen, und noch über dieses,
für deinen Dienst bezahle? — Du weißt ja, es
giebt kein Ding in der Welt, das nicht seinen
Preis hätte.

Gre-

Gregory. Das mag wohl, leider, wahr seyn! Ha, seine Herrlichkeit, Sir Manlov kommen, wie ich höre.

Dibble. Gut. — Aber wo logirt ihr?

Gregory. Bey Herrn Stappelton, in der neuen breiten Straße. Sobald ich den Herrn Rath gesprochen habe, werd' ich auch dorthin gehen.

Dibble. Recht gut. Ich gehe auch hin; unten auf dem großen Platz will ich auf dich warten. Unterwegs läßt sich die Sache ausmachen. (Ab.)

Gregory. Was das für ein Insekt ist! — die Notarien und Advokaten habens doch immer faustdick hintern Ohren!

Vierter Auftritt.

Sir Manlov, Gregory.

Manlov. Was? du hier, Gregory! — und ohne deinen Herrn? — wo ist mein Bruder Nachtschatt? — Du und dein Herr bleibt doch sonst selten Einer ohne den Andern!

Gregory. Ja wohl, leider! aber Herr, ich hoffe, der Himmel wird das, was ich jetzt zu leiden habe, mir einst für die Strafen meiner Jugendsünden gelten lassen. — Mein Herr ist nicht weit von hier.

Manlov. Und was für Geschäfte bringen ihn in die Stadt?

Gregory. Er hat sich mit unserm Magister überworfen wegen dem Wild.

Manlov. Was? wegen Wild? —

Gregory. Er und der Magister sind Todtfeinde darüber geworden. Sogar sein Damenbrett hat er in Stücken zerschlagen, weil es ihm der Magister zu spielen gelehret hat. — Um des Himmels willen, nein, es ist nicht möglich daß Ew. Herrlichkeit und mein alter Herr, von Einer Mutter sollten geboren seyn!

Manlov. Von derselben Mutter wohl, aber von verschiedenen Vätern, Gregory. — Er ward von Jugend an blos zum Seehandel bestimmt, und brachte seine Tage zwischen einem Kaufladen in Rotterdam, und der Kajütte eines holländischen Schiffchens zu. Vortrefliche Sittenschulen! — Einen seiner Söhne rettete ich mit väterlicher Einwilligung, aus seinen Händen; diesen ließ ich mit Sorgfalt öffentlich erziehen. Der andere arme Schelm aber, ist ein Vogel von seiner eigenen Brut.

Gregory. Ein allerliebstes Vögelchen! Eine wahre Bachstelze; bald oben, bald unten! — Ich höre meinen alten Herrn schon auf der Treppe! — Guten Morgen, gnädiger Herr! — Ich eile zu Herrn Stapelton. (Ab.)

Manlov. Guten Morgen Gregory!

Fünfter Auftritt.

Manlov, Nachtschatt.

Nachtschatt. (Noch von auffen.) Verdammter Kerl! Hier ist dein Lohn! keinen Pfenning drüber! Zum Teufel, ich werde wohl einen Schilling für eine so harte Kutsche geben! (Er tritt ein.) Diener Bruder Manlov! Diese Stadt wird immer ärger und ärger! — Kein Gewissen! keine Polizey! Wär ich nicht der gedultigste Mensch auf Gottes Erdboden, solche Dinge würden mich rasend machen. Bruder Manlov, dein Diener, sagt ich! hörst du nicht?

Man-

Manlov. Willkommen, Bruder Andreas. Du schienst mir so heftig aufgebracht, daher wollt' ich warten, bis sichs ein wenig gesezt hätte. Gib mir deine Hand — es freut mich, dich in der Stadt zu sehen; wenn nur die Ursache, die dich herbringt, auch angenehm ist?

Nachtschatt. Ich hoffe, das Gesez hat eine Auskunft für alles. — Die Art deines Kompliments paßt gar nicht zu meinem Empfang — sie ist ungereimt. — Wie ich sehe, bewohnst du noch immer deine alten Zimmer, und bist noch immer der alte Papierwurm. — Ich wundre mich sehr, wie du, dich so lange Zeit zum Sklaven deiner Geschäfte machen, und dein Leben in einem solchen Loche durchschleppen magst?

Manlov. Da ich den besten Theil meines Vermögens deinem Sohne abgetreten habe, so denk ich, wären deine Vorwürfe widerlegt.

Nachtschatt. Um Vergebung! Die ganze Welt schreit über deine Thorheit. — Du bist gewohnt, etwas hitzig zu seyn, sonst würde ich mir die Freiheit nehmen, dir ins Gesicht zu sagen: daß du dich lächerlich gemacht hast; und was noch schlimmer ist, Bruder! Karl, — ich rede zu dir als Vater — du hast meinen Sohn gänzlich verdorben.

Manlov. Wie so! hab ich an seiner Erziehung etwas ermangeln lassen?

Nachtschatt. O wahrlich nicht! Die Regeln deiner Erziehung, haben ihm Thür und Thor zu allen Lastern geöfnet. In der Schule bekam er den ersten Grund der Unverschämtheit — auf der Universität ward er fest in seiner Unwissenheit, und auf Reisen ward er ein Taugenichts durch schlechte Beispiele. — Eine schöne Erziehung!

Manlov. Aber du, Bruder, mit deiner Weisheit, hattest einen ganz andern Erziehungsplan für deinen jüngern Sohn.

Nachtschatt. Ich erzog ihn, wie eine vernünftige Kreatur, unter der Peitsche und Zuchtruthe, die mein Arm stets selbst regierte. — Sieh' auch nur den Unterschied: dein Karl lebt hier in dieser grossen Stadt in einem Kreiß von Wollüsten, an der Spize von Moden, im Schwelgen und Schwärmen — mein Hans bleibt geduldig auf dem Lande, arbeitet aus Leibeskräften von Sonnen-Auf bis zum Sonnen-Niedergang. — Ist mäßig beym Essen — geduldig in Mühseligkeiten — hört nicht gern Musik wie Karl, kauft keine theure Gemälde, limmelt in keiner goldenen Kutsche, giebt sich mit keinen Weibsleuten ab — Nein! dem Himmel seis Dank! einen von meinen Buben hatt' ich gerettet! — Hans wenigstens tritt in die Fußstapfen seines Vaters.

Manlov. Aber ich dächte doch, ein Bischen mehr Weltkenntniß sollt er haben.

Nachtschatt. Weltkenntniß? wer weis so viel davon, als ich? Bin ich nicht dreimal in einem kleinen Häringsschiff in Jüttland gewesen, dreymal wurde ich nach St. Eustach, nach Muskatnüssen ausgeschickt — Zweymal nach Nantes für Rosinen — und eine Reise machte ich nach Bengalen um Pfeffer.

Manlov. Ja, und diese Pfeffer-Reise spührt man noch etwas in deinem Blute —

Nachtschatt. Desto besser! Es wird meine gute Laune erhalten, meinen Verstand würzen, und mich vor der Fäulniß deines Gehirns bewahren. —

Manlov. Laß uns von was anders sprechen. — Du haſt mir ja noch nicht geſagt, Bruder, was dich in die Stadt fuhrt.

Nachtſchatt. Ich bin hier, weil ich nicht länger auf dem Lande bleiben mag, und ich an keinem Ort in Frieden leben kann, obſchon ich vierzehn vollſtändige Prozeſſe angefangen habe — nebſt unzählich kleinen Nebenhändeln, die nächſtens beym Quartalgericht abgethan werden ſollen.

Manlov. Gott bewahre!

Nachtſchatt. Kaum ſteck ich den Kopf zur Thüre hinaus, ſo begegnet mir gleich ein Kerl mit einer Flinte auf der Schulter; oder ein anderer mit einer Fiſchſtange in der Hand; oder ein Dritter mit einem Jagdhund hinter ſich — alles um mich zu beunruhigen, alles mein Eigenthum zu Grund zu richten.

Manlov. Dein Eigenthum, ſagſt du? Laßt euer Wild ſich ſelbſt hüten. Heißt du eine Kreatur dein Eigenthum, die heut auf meinem, morgen auf deinem Grund und Boden, und Uebermorgen wer weiß wo iſt!

Nachtſchatt. Ich bin wohl ein Narr, daß ich meine Zeit mit Dir verſchwende! Ich will auf meine eigene Art mein Wild hüten — hüte du deine vier Spazen in deinem Garten, oder die Enten in ihrer Pfüze, wie du willſt! deine Kenntniß erſtreckt ſich nicht weiter. — Verlangſt du mich zu ſprechen, ich bin bei Herru Stapelton in der neuen breiten Straße. (*Er geht.*)

Manlov. Eben geh ich auch dahin — mein Wagen ſteht angeſpannt — laß dich dahinfahren, mein Bruder. (*Er ruft.*) He! (*Ein Bedienter kömmt.*) Bringt dies Billet dem jungen Herrn Manlov.

Nachtschatt. Ha, das ist dein junger Grünschnabel! es scheint, mein Name war nicht gut genug — aber durchaus will ich den Buben nicht mehr sehen! — und wenn du ihn auch selbst zu mir bringst, ich will ihn nicht vor Augen sehen. (Ab.)

Manlov. Ob es wohl noch Einen so unnatürlichen Vater und so kolerischen Mann giebt, als hier mein Bruder ist! (Ab.)

Sechster Auftritt.

Zimmer bei Karl Manlov.

Karl Manlov, Friedrich.

Karl. (Mit Billet.) Also will mein guter lieber Onkel mit mir heute Mittag allein speisen!

Friedrich. (Ausserhalb der Thüre.) Mein Herr Sie können nicht hinein! meine Herrschaft ist heut nicht zu sprechen.

Karl. Was giebts, Friedrich?

Friedrich. Ein landmäßiger Lümmel sagt: er müße hier eingelassen werden, und mit Ihnen insgeheim sprechen; — aber seine Mine scheint mir verdächtig — mein Lebtag hab ich keine so konfiszirte Figur gesehen.

Karl. Laß ihn herein.

Friedrich. (Oefnet die Thür.) Sieht er nicht aus, wie vom Galgen gefallen!

Siebenter Auftritt.

Hans Nachtschatt, Vorige.

Karl. Mein Bruder!

Hans. Still, still! verrath mich nicht! versteck mich, Karl —

Karl. Was bringt dich in die Stadt?

Hans. Sechs Stunden Zeit — und ein so herrliches Roß, als ich geschwind ertappen konnte.

Karl. Was machst du hier? Hat dich der Vater hergeschickt?

Hans. Er? mich hergeschickt? — Wo hast du die schnakische Frage aufgegabelt? — Nein, sich selbst hat der Vater hergebracht — und ich stahl mich aus'm Haus weg, wie er zum Loch draus war. Eine bloße Lustreise — so'ne Grille! — Das Wetter, in was für einem bunten Haus du da wohnst! — viel Glück, viel Glück, Bruder! du bist doch nicht böse, daß ich gekommen bin? — du wirst mich doch nicht angeben?

Karl. Da wär ich kein guter Bruder! dein Schicksal, mein lieber Junge, ist schon hart genug!

Hans. Hart! dafür steh ich dir. Es ist kein Sauerapfelbaum in der ganzen Gegend, wovon mein Rücken nicht schon den vollen Geschmack gehabt hätte. (Mit Rührung.) O Karl, du hast ein rares Schicksal! — Glücklicher Schelm! schau mich an: — wer sollte glauben, daß wir beide von einem und ebendemselben Wurf wären? — Du bist so geleckt, wie einer gnädigen Frau ihr Schooßhund — und ich so zöpfig und rauh, wie ein Wasserbudel; so kothig und schmierig, als wär ich mit dem Geflügel aus der Pfütze des Hühnerhofs gekrochen.

Karl.

Karl. Armer Hans! wir wollen dich halb in eine andere Figur umschmelzen.

Hans. So mußt du mich in einen von deinen Röcken stecken — denn ich habe nicht mehr Röcke als Häute — eine Haut — einen Rock! *Der Vater stäubt ihn fleißig aus.* — Doch glaub mir, ich würde für Freude heulen, wenn ich nur ein oder zwey Stunden ein Herr wie du seyn könnte.

Karl. Bruder, was kann ich für dich thun? — Der Vater, sagst du, ist in der Stadt? Eine Entdeckung würde schädlich seyn. Weißt du, wo er logirt?

Hans. Ich weiß nicht; — meine lustigen Schliche führen mich auf Plätze, wo ich gewiß bin, daß der Vater nicht hinschmeckt. — Nur Eine Nacht, lieber Karl, und ich will mich gleich wieder aufs Land machen. Denk was ich für ein Leben fuhr'! Vergleich's mit deinem, und ich wette, daß du wegen der Lust eines Tages und einer Nacht nicht neidisch auf mich seyn wirst. Husch! und dann wieder fort, aufs Gut!

Karl. Ich dich beneiden? Nein, ich wünsche vielmehr, du könntest an all meiner Glückseligkeit — an all meinem Vermögen brüderlich Theil nehmen. Doch Hans, schicke dich indeß geziemend in deine Umstände: und gieb der übeln Laune des Vaters nach, so viel du kannst; und zähle in allen Fällen auf mich.

Hans. Nun das ist herzlich wacker! das ist freundschaftlich! — Gieb mir deine Hand, Bruder! der Henker hol mich, mir war ganz bange, du würdest mir den Rücken zukehren, mich scheel ansehen; du steckst im Geld bis über die Ohren — und bist doch noch so ein ehrlicher Kerl wie zuvor! — Weißt du wohl, daß es den Vater gewaltig verdrossen hat, daß du deinen Namen verändert?

Karl. Hier, nimm meine Börse, Hans! Es ist genug darinn, um dir einen vergnügten Tag zu verschaffen, auch noch was drüber für den andern. Friedrich hat meine Kleider in Verwahr, steht dir was darunter an, so nimm's, wo nicht, so sprich mit meinem Schneider, der wird dich sogleich ausrüsten. — Folge deinem Triebe zum Vergnügen, aber bedachtsam und mäßig. Du hast noch zu wenig Erfahrung, und bis Erfahrung dir den Weg des Lebens wird gebahnt haben, möchte dir das rasche Vergnügen einige gefährliche Schlingen in den Weg legen, denen zu entgehen, es dir vielleicht unüberwindliche Beschwernisse kosten würde.

Hans. (Hat auf diese Rede gar nicht Acht gegeben, sondern sich mit dem Gelde beschäftigt.) Hui! — in allem 25 Guineen! — Was hast du gesagt, Bruder?

Karl. Ich gab dir nur ein Paar gute Ermahnungen, — das war's alles.

Hans. Dank dir! — Hab schon einen ziemlichen Vorrath davon auf meinem Rücken — nur nicht zu viel gut Dings auf einmal! — (er beschauts Geld) Wie viel von dem Gelde mußt du wieder zurück haben, Karl?

Karl. Es steht dir alles zu Diensten; und noch weit mehr, wenns seyn muß.

Hans. Ist das Ernst, Karl? — ists möglich? — Ei Wetter! ich kanns gar nicht sagen, was ich thät, wenn ich Bruder Karl wär! — Aber das find ich doch, daß ich lang kein solch Herz hätte, dir so viel auf einmal zu geben: — Bruder, darf ich alles ausgeben, und muß ich dir keine Rechnung ablegen?

Karl.

Karl. Das brauchst du nicht, Bruder, wenn du nicht willst.

Hans. Gib mir'n Kuß! gib mir'n kräftgen Schmatz! Lieber, lieber Bruder, genieße dein Glück lang, lang! weiß Gott, bin dir jezo nicht neidisch darum. Ich fühls wahrhaftig, der Mensch ist nicht halb so neidisch, wenn er Geld in der Tasche hat. — Komm, deine Kleider sollen mich zum feinen Stadtherrn machen, und dann Juchhe! (Sie gehen ab.)

Zweiter Aufzug.

Zimmer in Stapeltons Haus.

Erster Auftritt.

Frau Stapelton und Lätizie sizen beim Frühstück, dazu Stapelton.

Stapelton. Eine Kaufmannsfrau, und um 10 Uhr noch nicht gefrühstückt! Pfui schäm dich, Dorothe! Wahrlich du führst ganz neue Moden in meinem Hause ein; wahre Hofgebräuche! Laß es uns hübsch mit den alten Sitten und Stunden halten! — Auch das eitle Mädchen, die Lätizie, hält mehr auf ihre Federküssen, als auf ihr Morgengebet. — Weg, weg mit diesen Pariser Porzelain-Schaalen! eitle zerbrechliche Dinge! Der alte Nachtschatt wird hier seyn, eh ihrs euch vermuthet.

Fr. Stapelton. Es ist ein andres Zimmer zu seinem Empfang bereitet. Lieber Mann, ich fürch-

fürchte, du wirst den bösen Humor des Alten ärger finden, als es deine gute, sanfte Laune wird ertragen können.

Stapelton. Warum hast du meine Geduld nicht mehr geübt! — doch, laß es gut seyn, ich werde schon mit ihm auskommen. — Lätizie, der Herr Rath Manlov wird Ihnen diesen Morgen seine Visite abstatten. Haben Sie die Papiere, die er Ihnen geschickt, durchlesen?

Lätizie. Ja, sehr genau.

Stapelton. Und was haben Sie daraus ersehen?

Lätizie. Was ich in der That, von Grund des Herzens bezeugen kann, daß Herr Stapelton der beste, rechtschaffenste Vormund von der Welt gewesen ist.

Stapelton. Der beste? — und doch würde mich ein Theil der kaufmännischen Welt sicher für den schlechtesten, verschwenderischten ausschreien, wenn es dazu kommen sollte, den ganzen Betrag Ihrer Erziehungskösten nachzusehen. —

Fr. Stapelton. Ach liebe Lätizie Bellmohr, Sie wissen doch, daß Sie der Stolz und das einzige Vergnügen unserer Tage gewesen sind?

Stapelton. Stünde Sie noch unter meiner Pflege, Sie dürfte nicht zweifeln. Jezt, da Sie mündig ist, kann Sie thun, was Sie will.

Lätizie. Ihr Ansehen ist um so viel stärker, als ich Ihnen jezt mehr durch Liebe, als durch das Gesez verbunden bin, und angehöre.

Zweiter Auftritt.

Vorige, Bedienter.

Bedienter. Herr Nachtschatt ist unten; und Herr Rath Manlov will Miß Bellmohr aufwarten.

Lätizie. Wo habt Ihr ihn hingewiesen?

Bedienter. Ins Visiten-Zimmer.

Lätizie. Ich will ihn nicht warten lassen. Sagt ich käme sogleich. (Will abgehen.)

Bedienter. (Ab.)

Stapelton. Noch ein Wort, Lätizie. Manlov wird Ihnen vielleicht seinen Neffen Karl in Vorschlag bringen, und ich weiß in dieser Stadt und in dieser ganzen Gegend keinen jungen Mann, der in allgemein besserm Ruf stünde, als er.

Lätizie. Wie könnte ich die Achtung für Ihre Meinung und Ihren guten Rath aus meinem Sinne schlagen! (Ab.)

Fr. Stapelton. Glaubst du, daß Manlov seinen Neffen in Vorschlag bringen wird?

Stapelton. Nachher ein Mehrers von dieser Sache. Jezt müssen wir den alten Nachtschatt so gut wir können empfangen. Er ist ein ehrlicher Mann, obschon er kritlich und jähzornig ist. Viele Jahre lang war er mein fleißigster Korrespondent in Rotterdam. Wir Kaufleute dürfen unsre alten Freunde nie vorbeigehen. Mögen Leute von höherm Range ihre Freunde, wie es jezt Mode ist, mit keinem einzigen Seitenblick bewillkommen!

(Sie gehen ab.)

Dritter Auftritt.

Karl Manlovs Zimmer.

Hans Nachtschatt, in einem reichen, modischen Kleide seines Bruders, Dibble folgt ihm.

Hans. Komm! allo, allo Dibble! — Liebste, allerliebste Miß Fortuna, du, die du mir Kleider auf meinen Leib und Geld in meine Tasche verschaft hast — du weißt, wenn ich dich auf deinem Rade stehen, und die Narren alle um dich her habe, so mit-vollen Händen füttern sehen, daß ich dir doch niemals übels nachgeredet, und dich nie ein betrügerisches Mensch, oder eine alte Here gescholten hab. — O gib mir jezt den Rest deines Segens: Liebe, Vergnügen und gute Gesellschaft zum Lohn dafür! Laß die Bursche, die du mir zur Gesellschaft geben willst, lustig und die Mädchen muthwillig und ausgelassen seyn!

Dibble. Vortreflich gesprochen, Ritter! — Wo in aller Welt sind Sie zu der Beredsamkeit gekommen?

Hans. Ei saht ihr niemals die Göttin Fortuna abgemalt, wie sie mit einer Binde vor'n Augen, auf einem Rad steht und Geld unter's Kanaillenvolk auswirft? Grad' wie ein Parlementsglied, wenns erwählt worden ist. Gregory hat das Bild in seiner Speisekammer hangen — für 6 Pfennige könnt ihrs auf'm Trödelmarkt kaufen.

Dibble. In der That, Ritter Hans, Sie sind in den schönen Kleidern Ihres Bruders nicht nur ein Stuzer, sondern sogar ein Wizling geworden.

Hans. Aber was hilfts, wenn ein armer Schelm schon wizig thut, und niemand da ist, der über seinen Spaß lacht! Wenn mir einmal der Wein in Kopf steigt, ja — da sollt ihr sehen, daß ich noch wiziger seyn kann!

Dibble. Die Zeit wirds lehren! — Aber hören Sie, Ritter Hans, eh man Sie für einen Mann von feiner Welt ausgeben kann — müssen Sie erst die Moden und Stellungen eines solchen lernen

Hans. Ich möcht's gern lernen.

Dibble. Ich will Sie also ein bischen darinn unterrichten. Mit einigen wenigen Lekzionen will ich einen feinen Herrn aus Ihnen machen. — Schauen Sie mich an — so recht! — recht starr ins Gesicht! — besser! — Unverschämtheit haben Sie genug — die Hauptsache ist gewonnen. — (Er stellt ihm einen Armstuhl.) Nun setzen Sie sich einmal!

Hans. Nichts leichters!

Dibble. Auf Stühlen wohl, aber nicht auf Armsesseln! — Halt! nicht so plump! — das ist nicht recht — langsamer, und die Füße nicht wie ein Dachs an sich gezogen — so! die Hände ganz nachläßig — nicht den Kopf wie eine Kutschendeichsel hin- und herwackelnd. — So! (Er äft ihm nach.) Nun hören Sie: kommen Sie in ein Zimmer, so geben Sie ja auf niemand Acht, es mag darinn seyn, wer will; gehen Sie grad auf den Kamin loß — wenden den Rücken zum Feuer — spreizen den Rock hinten von einander, und zeigen ihre volle Person denen Frauenzimmern, die in einem Kreis herum sizen.

Hans. Wohl, Dibble, wohl! — das alles ist leicht genug, — es wird mir aber am meisten am Sprechen fehlen. Lehrt mich, was soll ich

ich sagen, wenn ich unter Leuten bin, die mehr sind, als ich?

Dibble. Nichts, gar nichts; sag ich Ihnen.

Hans. Nichts? aber wie, zum Henker, soll ich denn meinen Witz zeigen?

Dibble. Durchs Schweigen. Reden Sie nie selbst, und lachen auch nie über das Scherzhaftwitzige, was ein Andrer redet.

Hans. Das weiß ich, daß meine Zunge verteufelt schlüpfrig und geschwinde geht, wenn ich untern Mädchen bin; da kann ich gleich eine ganze Stube aufrührisch machen. — Aber kommt, laßt uns auswandern! Jezt gebt Acht, Dibble, ihr müßt mich nicht Ritter Hans, oder Hans Nachtschatt heißen; sondern heißt mich glattweg, Sir!

Dibble. Ueberlassen Sie es nur mir, Sie mit diesen schönen Kleidern an Mann zu bringen! — Nun, für wen soll ich Sie ausgeben?

Hans. Sagt, ich wär ein junger Westindier, der grad aus einer Zuckerplantage käm'.

Dibble. Nein, ich will sagen, Sie wären ein junger Edelmann, der grad in Genuß eines großen, großen Vermögens eintrete. — Das wird schon die Fehler Ihrer Erziehung vergessen machen, und ihre Mängel ganz bedecken.

Hans. Nein, es fällt mir was bessers bei: — heißt mich Sir Manlov.

Dibble. Warum wollen Sie sich Ihres Bruders Namen anmaßen?

Hans. Aus der nämlichen Ursache, als ich seine Kleider nahm — weil er mir paßt. Aber wie soll ich meinen Hut tragen, Herr Dibble? So unterm Arm? — der verdammte Perückenmacher hat seine schwarze Bratspieße durch meine Ohren gestoßen. — Seht doch, ob der Kerl die Kutsche gerufen hat.

Dibble.

Dibble. Sie wartet unten.

Hans. Die Pest über diesen langen Spieß! er ist schwerer als eine Jagdtasche — und bambelt und klingelt an der Seite, wie eine Hundskuppel. Ein guter Stock ist mir lieber, als zwei solche Spieße! Belehrt die Bediente wegen meinem Namen.

Dibble. Soll geschehen Ihr Gnaden.

Hans. Soll geschehen, „Ihr Gnaden„ — Kommt Dibble! laßt aber ihr Gnaden voraus, und den Advokaten hinten drein gehen. (Ab.)

Vierter Auftritt.

Sir Manlov, Karl Manlov.

Manlov. Lätiziens Mutter war eine geborne Sidlei, von einer ansehnlichen Familie — eine vortrefliche Frau! — Ihr Vater ein Kaufmann von vestem Ansehen und gutem Rufe — sein Haus war dasselbe, das jezt Herr Stapelton mit eben so gutem Kredit fortführt. Ihr Vermögen ist beträchtlich —

Karl. Gleichheit bei Eheverbindungen ist sicher der wichtigste Punkt.

Manlov. Ich glaube wirklich, Karl, daß du keine Eigenschaft besizest, wovon du nicht in Miß Bellmohrs Seele den Abglanz finden wirst. Und gewiß ein Reiz mehr in deinen Augen ist, daß sie schön malt — eine Kunst, die du so vorzüglich liebst. Lätizie ist eine Schülerin von unserer vortreflichen Angelika Kaufmann, die Ehre der deutschen Nazion! das Mädchen soll ihrer Meisterin sehr nahe kommen; und ihr sowohl an Kunst, als an Sanftmuth und Liebenswürdigkeit des Karakters ähnlich seyn.

Karl.

Karl. Ihre Arbeiten werden sehr gerühmt! Was Sie mir von dem Mädchen sagen, lieber Onkel, macht mich sehnlichst wünschen mit ihr bekannt zu werden. — Doch vor allem muß ich mein Herz genau zu Rathe ziehen, denn ich weiß, Sie verlangen kein Opfer von mir.

Manlov. Nein Karl; war es nicht, dich ganz glücklich zu machen, daß ich dir mein Vermögen gab? — Wenn ich jezt deine Neigung zu fesseln gedächte, würde ich nicht selbst meinen eigenen Plan vereiteln?

Karl. Ich wünschte nur eine Gelegenheit zu haben, diese schöne Malerin in ihrer natürlichen Gestalt zu sehen! — Ich habe einen besondern Abscheu vor all den gekünstelten Reizen, die die junge Frauenzimmer so gewöhnlich anzunehmen pflegen, wenn man sie genau beobachtet — sie scheinen dann so ruhig, so eingezogen, so unendlich verbindlich. — Wir denken sie uns sanft gleich Lämmern, nehmen sie in der ersten Täuschung zu Weibern, und den Tag nach der Hochzeit werden sie Drachen und Murmelthiere. — Lieber Onkel, wenn ich doch zu ihr kommen könnte, ohne daß sie mich erkennte, — sagen Sie mir, kommen unsere besten Künstler zu ihr?

Manlov. Alle, sowohl fremde als einheimische. Kein Werk wird ohne ihren Beifall berühmt.

Karl. War sie iemals auffer England?

Manlov. Sie soll zwei Jahre in Italien in einer ansehnlichen Familie zugebracht haben.

Karl. Genug, ich habe meinen Plan gefaßt; ich will ihre Bekanntschaft machen, ohne von ihr entdeckt zu werden. Ich darf mich so ziemlich in der Malerkunst zeigen.

Manlov. Geh' deinen eigenen Weg, ich rathe darinn nichts, auch versteh ich wenig von Liebeshändeln. Guten Abend, Karl! — aber Karl, keine Komplimente! — ich dächte, wir hätten das schon längst unter uns bedungen. Diener! (Ab.)

Karl. Ihr gehorsamster Diener! — der vortrefliche Mann! — He, ist Niemand da?

Fünfter Auftritt.

Karl, Friedrich.

Karl. Friedrich, bring mir mein Reiskleid!
Friedrich. Das von Lion gekommen ist?
Karl. Nein, das ich zu Mailand habe machen lassen. Bring mirs ins Kabinet. Eile!
(Gehen zu verschiedenen Seiten ab.)

Sechster Auftritt.

Stapeltons Zimmer.

Nachtschatt, Frampton.

Nachtschatt. Nur zu, Herr! — wie heißt der Herr? — ohne Komplimente! — Zum Teufel, nur herein! — Der alte Komplimenten schneidende Dummkopf!

Frampton. Auf Befehl des Rath Manlovs mache ich meine gehorsamste Aufwartung, von wegen einem Rechtshandel, worüber Sie ihn um Rath gefragt.

Nachtschatt. Recht, recht! es ist der Handel wegen dem Taubenhaus. Hab diesen Morgen mit ihm davon geredet. Ihr Advokaten pflegt sehr fertig zu antworten.

Framp-

Frampton. Sir Manlov pflegt sich in Rechtshändeln nicht zu übereilen.

Nachtschatt. Schon Recht. — Was denkt er von diesem Handel?

Frampton. Der Handel ist ganz klar.

Nachtschatt. Das ist mir sehr lieb zu hören.

Frampton. Mit andern Worten: es ist ein Handel, der Sonnenklar zu verstehen ist; er bezieht sich auf ein Taubenhaus, welches auf einem gewissen Feld erbauet und aufgerichtet worden, allgemein durch den Namen des Fruchtmessers Homstädt bekannt. Quæ itur: steht nicht das Taubenhaus quæstionis auf dem Grund und Boden Kalkstädt? und in hoc Casu sind Sie, Andreas Nachtschatt, Ritter und Herr von besagtem Pachtgut, berechtigt, dieses besagte Taubenhaus selbst hinweg zu schaffen, oder hinweg schaffen zu lassen.

Nachtschatt. Niederreissen, vertilgen, dem Boden gleich machen! das kann ich. Jezt geschwind her mit ihrer Meinung.

Frampton. Sir Manlov hat keine gegeben.

Nachtschatt. Was? keine Meinung? — Was Teufels, schickte er ihn denn zu mir? — wollt ihr Beide mich zum Narren haben.

Frampton. Seinen Klienten giebt Manlov seine Meinung; seinen Freunden aber Rath. — Er wünscht, daß Sie das Taubenhaus stehen lassen, da wo es steht.

Nachtschatt. Packt euch zum Teufel mit euren Wünschen!

Frampton. Wenn Sie so ganz entschlossen wären, sagt er, so gäbe er zu, daß Sie es niederreissen ließen.

Nachtschatt. Das ist genug! — denn nieder kommts doch — Salz will ich auf die Stelle säen.

Frampton. Nichts destoweniger befahl er mir, Ihnen zu sagen; daß es auf Dero Gefahr, tuo Periculo! geschehen müsse: denn wenn Sie Ihr Gewissen nicht daran hinderte, es niederzureissen, so würden die Geseze Sie zwingen, es wieder aufzubauen.

Nachtschatt. Es scheint, die Geseze haben dem Herrn sein Gehirn verrückt! warum, zum Teufel! blast ihr Zwey kalt und heiß im nemlichen Odem? Begegnet ihr so euren Klienten? Soll ich mich so durch ein alt gekünsteltes Uhrwerk wegfoppen lassen? von einem steifgestärkten Advokaten — von einem Gänsefederschneider — von einem Pergamentkrazer? Nein, gleich räumt dies Zimmer — sag er seinem Herrn, ich wolle seinen Rath nicht — ich mach' mir nicht das aus seiner Meinung. — Soll ich in meinem Alter noch belehrt und gevormundert werden? — Gewiß bin ich älter und weiser als er! — Das sagt nur euerm Rath Manlov.

Frampton. Haben Sie sonst keine andere Befehle für mich, als diese?

Nachtschatt. Puh!

Frampton. Ihr gehorsamer Diener! (Ab.)

Nachtschatt. Zum Henker, warum will sich denn der Kerl gar nicht ärgern? Er ist eben so wenig aus seinem Humor zu bringen, als ein deutscher Postillion aus seinem Schritt!

Siebenter Auftritt.

Nachtschatt, Gregory.

Nachtschatt. Ha, Gregory, was giebts Neues? hast du den Advokaten ausfündig gemacht?

Gregory. Ich will Ew. Herrlichkeit den ganzen Verlauf der Sache sagen. Im Wirthshaus

haus zum rothen Hahn bekam ich den ersten
Wind von ihm; ich sezt' ihm sogleich durch die
enge Schuhgaß nach, dort kam er mir aus den
Augen; von da renn' ich in die Floßgasse, von
der Floßgasse dem Hafen zu; vom Hafen bis
zum alten Diebsthurm, und dort, in der Fisch=
gasse lief er mir in die Hände.

Nachtschatt. Endlich doch! und was sagte
er zu deinem Auftrag?

Gregory. Im Anfang kein lautes Wört=
chen — denn eben war er im Begriff einen
Freund zu besuchen, der im Gefängniß sein To=
desurtheil erwartete — doch kurz darauf kam'
er wieder nach Hause, und da —

Nachtschatt. Was sagt' er denn zu meiner
Sache? Dummkopf!

Gregory. Er sagte, daß er mit der Sache
gar nichts wolle zu thun haben. Bey solchen
Streithändeln käm' er um seinen Kredit; —
wenns noch um ein Kriminal-Verbrechen zu
thun wär! aber an einem Schikanprozeß wegen
Wildpret, will er gar keinen Theil haben. Sei=
ne Menschenliebe ließ es nicht zu, sagte er.

Nachtschatt. Menschenlieb? Hat man je so
was gehört! — Aber Kerl, das ist eine Lüge
von deiner Erfindung. Deine Knochen sollens
entgelten! (Er droht mit dem Stock.)

Gregory. (Weicht zurück.)

Achter Auftritt.

Die Vorigen, Stapelton.

Stapelton. Gelassen! gelassen im Namen
der Justiz! was giebts alter Freund, Andreas?

Nachtschatt. Der Narr will mich glauben
machen: daß ein Advokat vom Kriminalgericht,

aus Menschenliebe einen Prozeß von der Hand schlägt. Wahrlich, eine wahrscheinliche Geschichte! — Er kömmt aus dem Gefängniß, wo er einem Dieb das Todesurtheil verkündigt hat, und steht noch an, einen Pfarrherrn Wildschützen zur Geldstrafe verurtheilen zu helfen. —. Was werden die Landedelleute, die der Kuppeljagd wegen in Bündniß stehen, dazu sagen?

Stapelton. Was kümmerts uns, was die sagen! für Leute von Geschäften sind solche Dinge zu gering.

Nachtschatt. Leute von Geschäften? Ich habe keine Geschäfte! Gott sey Dank, ich habe noch zeitig meinen Handel verlassen! — Ihr, ihr wartet, bis der Handel euch verläßt.

Stapelton. Wie so? unsre Waarenlager sind so reichlich gesegnet — unsre Geschäfte so häufig, und unser Kredit so blühend als jemals — Was bemerkt ihr in unserm Hause, das euch zu einer solch üblen Prophezeihung verleiten könnte?

Nachtschatt. Ich sag euch, euer Handel ist stark in seiner Ebbe, und das in allen vier Theilen der Welt. Seht euch nur um, und ihr werdets sehen. — Aber was gehts mich an? Ich hab andere Dinge im Kopfe! — Gregory! meinen Hut! — Ich blieb schon zu lange hier — Diener, Sir Stapelton! (Geht.)

Stapelton. Aufs Wiedersehen! — beym Nachtessen. (Will abgehen.)

Nachtschatt. Ich komm noch einmal zurück, um euch zu sagen, das alle eure Webergesellen in Aufruhr sind. Eine ganze Rotte von ihnen begegnete mir vorhin auf der Straße — die Bursche verlassen's Land Hundert weiß — weil ihr sie Hungers krepiren laßt. Das geb ich euch in allem Glimpf zu verstehen, aus purem guten Willen — es ist mein Interesse nicht; und hiermit Gott befohlen! Auf Wiedersehen, in ein paar Stunden! Ich sag euch mehr, wenn ich zurück komme. Fort Gregory! (Alle ab.)

Neunter Auftritt.

Lätizie, Luzie.

Lätizie. Luzie, komm her! Hast du nicht einen Bruder, der beym Rath Manlov Schreiber ist?

Luzie. Ja Miß; einen so scharmanten, liebenswürdigen Jungen, als Sie je einen gesehen haben, und sich zum Manne wünschen können! — Er ist mein einziger Bruder.

Lätizie. Das sey deine Entschuldigung für deine Frechheit! — Ich frage nicht nach seinem Karakter.

Luzie. Gesezt auch, Sie fragten darnach, so steh ich Ihnen dafür, daß er die strengste Probe aushält — mein Papa hat uns beide recht wohl erzogen.

Lätizie. Dein Papa? — laß es Vater in deinem Munde heißen, wenn ich dir rathen soll!

Luzie. (Bey Seite.) Hm! (Sich erinnerd.) draussen ist Jemand, der nach Ihnen fragt.

Lätizie. Wer ists?

Luzie. Ein Unbekannter! — Ich glaub, es ist ein Maler. Er sagt, er habe ein Empfehlungsschreiben an Sie, Miß. — Es sprechen ja viele solche Herren hier zu.

Lätizie. Wenn er ein Empfehlungsschreiben hat, so sag ihm, er möchte so gut seyn, und es hereinschicken.

Luzie. (Geht ab.)

Lä-

Lätizie. Nein, zu einer so verabredeten Zusammenkunft mit Karl Manlov kann ich mich unmöglich verstehen! Könnt ich doch diesen mir bestimmten Mann so von ungefähr und unvorbereitet sprechen! wenn sich alsdann unsre Herzen von selbst begegneten, und wenn dann noch ein und das andere Hinderniß aus dem Wege geräumt wär — ließe sich beßer an eine Verbindung mit ihm gedenken. Aber sich so ganz einem Menschen zur Schau darstellen, der da kömmt, um bloß zu sehen, ob er das Mädchen lieben kann, oder nicht — nein, das ist unerträglich — erniedrigend! — O wie manche Väter treiben einen ordentlichen Markthandel mit ihren Töchtern! Schande ihr Väter, die ihr gleich Schlächtern, diese armen Geschöpfe auf die Schlachtbank liefert.

Luzie. (Kömmt zurück.) Der Herr bittet Sie möchten diesen Brief lesen. Er scheint ein sehr artiger junger Mensch zu seyn, recht zum Liebhaber gemacht.

Lätizie. Du vergißt dich, Luzie! (Sie erbricht den Brief.) Von Herrn Rath Manlov? was ist das? (Sie liest.) „Miß, der Ueber„bringer dieses Schreibens ist ein junger Mann, „an dessen Wohlergehen ich sehr grossen An„theil nehme. Er kömmt kürzlich aus Italien „zurück, wo er einigen Fortgang in Ihrer „Lieblingskunst gemacht hat; da ich mir schmeich„le, daß Sie ihn nicht unbedeutend finden „werden, so erlauben Sie mir, ihn Ihrem „Schutz und Ihrer Achtung zu empfehlen. „Wenn mein Neffe die Ehre haben wird, Ih„nen aufzuwarten, so soll er Ihnen mehr, „als ich vermag, von diesem jungen Manne „sagen. Indessen darf ich hinzusezen, daß der „junge Manlov diese freundschaftliche Aufnah„me

„me so ansehen wird, als hätt' er sie selbst
„empfangen. Ich habe die Ehre zu seyn, Rath
„Manlov." Wo ist dieser Herr? führ ihn
sogleich herein.

Luzie. (Ab.)

Zehnter Auftritt.

Lätizie, Karl Manlov, Luzie.

Lätizie. Dienerin; mein Herr! Sind Sie
der junge Mann, von dem dieser Brief meldet?

Karl. Ja Miß, ich bins. (Für sich.) Ein
reizendes Mädchen!

Lätizie. Sie kommen kürzlich aus Italien?
wo haben Sie die Kunst studirt?

Karl In Rom. Ich besuchte auch Florenz,
Bologna, Venedig und andere Pläze. Ich halte aber Rom für den eigentlichen Siz ächter
Alterthums-Kenntnisse, und hielt mich daher
am längsten dort auf.

Lätizie. Auf welches Fach der Kunst haben
Sie sich hauptsächlich gelegt?

Karl. Auf das Studium der Schönheit,
Miß; und das zwar in ihren einfachsten Gestal-
ten. — Ein Laokoon, ein Herkules, ein Kara-
kalla, ein Gladiator — können Verwunderung
und Staunen erwecken — aber eine Faustina,
eine Venus, ein Apoll — sind Modell für wahre Seelen-Verfeinerung — doch ich rede hier
über einen Gegenstand, in welchem Sie selbst
durch Kunst eine Meisterin, und durch Natur
ein Muster geworden sind.

Lätizie. Wirklich mein Herr? (Für sich.)
Ein feiner junger Mann! (Laut.) Kommen
Sie, wenn ich bitten darf, hier möchten wir

gestört werden; erlauben Sie mir, Ihnen mein Gemälde Zimmer zu zeigen. (Pause von Nachdenken.) War der junge Manlov zu Rom, als Sie sich in dieser Stadt befanden?

Karl. Ja, Miß!

Lätizie. Ich weiß, daß er sehr viel Achtung für Sie hat, mein Herr.

Karl. Ich hoffe seine gute Meinung zu verdienen.

Lätizie. Das macht Ihnen viel Ehre; die ganze Welt spricht sehr viel Gutes vom jungen Manlov. — Ists gefällig? ich will Ihnen den Weg zeigen. (Ab.)

Karl. (Im abgehen.) Ein allerliebstes Mädchen! — Ihr erster Blick entzückt. (Geht nach.)

Luzie. (Allein.) So, so? nicht übel! dieser Anfang verspricht viel. Gewiß geht was mit diesem Manlov vor. — Ich glaube, der ganze Brief ist eine Finte — ich wette, dieser Maler steckt mit unter der Decke — wahrlich, ein bildschöner Junge! zum Küssen!

Eilfter Auftritt.
Luzie, dazu Dibble.

Luzie. Ha, Bruder Dibble, es ist mir recht lieb, dich zu sehen. — Wie gehts?

Dibble. Geschäftig, mein Kind! immer geschäftig! — Ich habe mich weggestohlen, um dich zu besuchen. — Erwünscht, daß ich dich allein treffe! — Hans Nachtschatt, der Bauernbengel, mit dem ich verwichenes Jahr Bekanntschaft machte, ist hier in der Stadt; — Wolltest du wohl um einen Mann einen kühnen Streich wagen, kleine Hexe!

Luzie. Ich? um einen Mann? Du spassest!

Dibble. Auf Ehre, es ist mein Ernst! Er hat mir zu verstehen gegeben, daß er eine Frau braucht; und du, wie ich glaube, hast gewiß auch nichts gegen einen Mann einzuwenden? — über diesen Punkt wär't ihr also schon eins. Er sagt, das Mädchen müsse reich seyn — ganz vernünftig! — Was sagst du zu dem schönen Vermögen deiner Herrschaft? — Er wird unter dem Namen Sir Manlov zu dir kommen; und warum solltest du ihn nicht als Miß Bellmohr empfangen?

Luzie. Unmöglich! — weißt du nicht, daß sein Vater wirklich in diesem Hause logirt?

Dibble. Verjage Kinder mit Gespenstern! Ich hab mich schon vor der Gefahr gesichert. — Mit dem Versprechen von einer guten runden Summe Geldes auf den Hochzeitstag, hab ich den alten Gregory auf meine Seite gebracht; er wird uns in unserm Plan unterstüzen, und den alten Polterteufel bewachen; — ich versprech dir guten Erfolg.

Luzie. Aber was gewinnen wir, wenn uns auch der Streich gelingt? Der junge Mensch ist noch nicht mündig; und der Vater würde ihn enterben.

Dibble. Fürchte nichts — er hats gehörige Alter! Gregory kanns bezeugen. Enterben? — Ja das kann der Alte nicht! — Im Vertrauen, da der Rath Manlov dem Karl sein Vermögen legirt hat, so hat der Vater den ältern Sohn enterbt, und sein ganzes Vermögen dem Hans gerichtlich versichert. — Ich hab den Kontrakt aufgesezt; er ist nach allen Klauseln der Geseze unumstößlich!

Luzie. Ich weiß nicht, was ich sagen soll! Es ist freilich eine schöne Sache um ein ansehnliches

liches Heurathsglück — Mistriß Nachtschatt, und eine schöne Kutsche, klingt allerdings besser, als so glattweg, Jungfer Luzie, mit Ansprüchen auf Nichts. Aber es ist mir bange bey dem Handel; und der Junge, sagt man, sey so ein heimtückischer Fuchs.

Dibble. Geh, ziere dich nicht! — wenn du so viel an einem Manne auszusezen hast, so such' dir selbst einen — ich will nichts mehr damit zu schaffen haben.

Luzie. Ho ho! Gleich oben naus, wenn man nur einen kleinen Zweifel hat. Meine Miß wird überaus aufgebracht darüber werden; doch daran liegt nichts. Welch närrscher Streich! wenn es in der Zeitung heißen wird: gestern vermählte sich Hans Nachtschatt, Ritter und Edelmann, mit Miß — O Jemine! ein herrlicher Streich!

Dibble. Ja ja, überlaß es nur mir den Heurathskontrakt zu entwerfen! ich versichere dir ein herrliches Wittwengut. Entschließ dich — gieb mir dein Wort — die Zeit ist edel, und der Augenblick der günstigste. — Wann sollen wir kommen?

Luzie. Wann? — ich weiß nicht — mir ist nur halb wohl zu Muth bey der ganzen Sache.

Dibble. Pah! bist du so unentschlossen, dummes Ding! Meinetwegen bleib eine Magd so lang du lebst! ich bekümmere mich nicht weiter mehr um dich.

Luzie. Nein Bruder, ich habe immer so viel Ehrgeiz als du. — Hier hast du meine Hand, ich folge dir Blindlings. — Laßt mir nur eine halbe Stunde Zeit, meine Rolle recht zu lernen, und ich steh ganz zu euren Diensten.

Dibble. Brav Mädchen! Kourage, der Sieg ist unser! Wenn alles in Ordnung ist, und uns Niemand im Wege steht, so laß uns den Gregory an der Ecke dieser Straße entgegen kommen — Punkto in einer halben Stunde längstens! —Aber hör, Luzie, Ritter Hans ist inkognito, und hat seines Bruder Manlov Namen angenommen; merk dir das! Inzwischen hab ich auch Wind gekriegt, daß zwischen deiner Miß und dem jungen Herrn Karl so etwas vorgeht.

Luzie. Wie so?

Dibble. Weil ich ihn vorhin im Frackkleid in ihr Zimmer habe gehen sehen. Er begegnete mir auf der Treppe, und sagte mir ins Ohr: ich soll ja keiner Sele ein Wörtchen von seinem Hierseyn entdecken. — Also nimm dich wohl in Acht! — Leb' wohl, ich muß gehen. (Ab.)

Luzie. Ei! Dienerin, meine tugendhafte Miß Lätizie Bellmohr! Ihr Maler also wird wohl ein verkleideter Liebhaber seyn? schön! — und so hätte meine Miß gleich mir, und so vielen anderen, ebenfalls ihre feine Liebeshändelchen? — Ja ja! Gebieterinn oder Dienerin, alle sind wir Evens Töchter! (Ab.)

Drit=

Dritter Aufzug.

Stapeltons Zimmer.

Erster Auftritt.

Nachtschatt, Stapelton.

Stapelton. Die Zeiten sind geändert, Bruder Andreas!

Nachtschatt. Sie sind zugeändert! der Handel hat sich geändert — die Kaufleute haben sich geändert, — der Geldcours hat sich geändert, — alles hat sich geändert — die Kaufleute sind hartnäckige Dummköpfe geworden; taub für guten Rath — unwissend in ihrem Geschäft — alle zusammen eine Rotte eitler, geschwäziger, ausschweifender Leute! Sie verlassen ihre Kaufläden, ihre Landgüter, gehen lieber in Nebengäßchen, als auf die Börse. Meinethalben! — Ein herrlicher Streich, Herr Stapelton, war doch meine Erfindung von der Salpeter-Maschinerie?

Stapelton. Das glaub ich! eine Spekulation, die ziemlich zu Gewinn geschlagen.

Nachtschatt. Ich meins so, glaubt mir, es ist mir ziemlich geglückt, obschon ihr es nicht glauben wolltet; es hat mir ein sanftes Ruhebettchen verschaft. Ja, ja, dem Himmel sey Dank! ich liege nun ruhig und ohne Sorgen darauf.

Stapelton. Und haben sich wahre Zufriedenheit auf immer bereitet! Gewiß, ein glücklicher Mann ist mein Freund Andreas.

Nachtschatt. Ich? ein glücklicher Mann, da irrt ihr; sag ich euch, Ich bin kein glücklicher Mann! möcht nicht einmal für glücklich gehalten seyn. Die Welt ist zu gottlos, zu verderbt — als das ein ehrlicher Mann glücklich und zufrieden seyn kann.

Stapelton. Ihr lebt ja nicht in der Welt; ihr habt euch in eine ruhige ländliche Einsamkeit niedergelassen, wo ihr eure eigene Aecker im Stillen anbauet, und eure eigenen Produkten zufrieden genießet.

Nachtschatt. Tod und Hölle! ich sag euch, andere Leute genießen meine Produkte! meine Diener richten mein Eigenthum zu Grund; meine Nachbarn schießen mein Wild; das Geschmeiß verderbt mir meine Bäume; die Raupen fressen mir meine Pflanzen; der Wurm kömmt in meine Frucht; die Raude verwüstet meine Schaafe — und wie soll man da glücklich seyn?

Stapelton. Sobald ihr dieses alles mit Geduld übertragen könntet —

Nachtschatt. Geduld? Ich bin nur zu geduldig!

Stapelton. Wenn euch eure Bediente und Nachbarn beunruhigen, so überlegt, mit was für einem vortreflichen Sohn euch der Himmel beschenkt hat; und dann werdet ihr —

Nachtschatt. Ja, ja, der Bub ist eben nicht viel besser, als die Nachbarn alle.

Stapelton. Ich habe nie einen so guten Karakter gefunden, als den seinigen.

Nachtschatt. Er ist ein nüchterner, mäßiger Bursche, das ist wahr.

Stapelton. Er hat einen so herrlich verfeinerten Geschmack für alle feine Künste.

Nachtschatt. Für seine Künste? — das ist ein bischen zu viel gesagt! (für sich) Ich weiß keine Kunst, die der Hans besitzt — außer daß er Bäume propfen, den jungen Hunden den Wurm schneiden, und nettes Vogelgarn stricken kann.

Stapelton. Er ist nicht wie die andern geilzigen jungen Leute; er ist ein Mensch von besten Grundsätzen, und der strengsten Moral; kein Freigeist, kein Schwärmer, kein Spieler —

Nachtschatt. Spieler? — Ja — ich wollt ihn spielen lehren, mit der Peitsche.

Stapelton. Er hat noch weit vortreflichere Gaben, als das alles! dasjenige Frauenzimmer, das einst sein Herz gewinnen kann, wird ganz gewiß glücklich seyn.

Nachschatt. Ich wünschte, daß euer Pflegkind, die Bellmohr, von derselben Meinung wäre —

Stapelton. Sprecht ihr aufrichtig?

Nachtschatt. Aufrichtig! — warum sollt ichs nicht seyn? Zweifelt ihr etwa? — wißt ihr nicht, daß er ein ziemlich schönes Vermögen hat?

Stapelton. Was ist Vermögen? — Das ist hiebey wohl das geringste — hier ist meine Hand — also mögen die jungen Leute sich nur gern haben, und Sir Manlov hat schon eingewilligt.

Nachtschatt. Wer? wer hat eingewilligt? Sir Manlov? Was gehts den an!

Stapelton. Ich befürchte, daß wir einander nicht recht verstehen. Von welchem eurer Söhne redet ihr?

Nachtschatt. Von welchem ich rede? — Von dem Einzigen, von dem ich jemals rede, von dem Einzigen, den ich für meinen Sohn erkennen werde — den Hans meyn ich! könnt ihr euch einbilden, daß ich ein solcher Thor wäre, den Affen Karl anzuempfehlen? ihn,

mit

mit seinen wohlriechenden Wässern? — Diese Meerkaze, die mein Bruder ausgeschickt hat, um die Welt zu durchlauffen — den Windbeutel, mit seinen großen Reisen — mit seinen Gemälden — mit seinen zierlichen Grobheiten? Nein! ich sag euch ein für allemal, mit ihm hab ich nichts zu schaffen. — Er hat meinem Namen, und ich meiner Natur entsagt! der ihn umgetauft hat, mag ihn erhalten!

Stapelton. Ich erstaune, euch so lieblos reden zu hören.

Nachtschatt. Kann ich nicht von meinem eigenen Sohne reden, wie ich will?

Stapelton. Ja, wenn ihr redet, wie ein Vater sollte.

Nachtschatt. Wer kann darüber urtheilen? Habt ihr einen Sohn? — seyd ihr Vater? — ihr seyd nur ein Vormund. Der Himmel sey dem armen jungen Frauenzimmer gnädig, das euer Pflegkind seyn muß! Was? Sie an den Karl Manlov verheurathen? Verheurathet sie lieber mit ihrem Strumpfband, und henkt sie an ihre Vorhangsstange.

Stapelton. Ich spreche nicht gern mit einem Menschen, der in solcher Aufwallung ist.

Nachtschatt. Ich in Aufwallung? — Ihr seyd der Erste, der mir das sagt, und ihr sollt auch der Lezte seyn, von dem ich so was hören will. — Hier, Gregory! — Gregory, wo bist du? — den Augenblick will ich fort — ich will euer Haus von einem aufgebrachten Menschen säubern! Ich — ich soll aufgebracht seyn? ich, der ich niemals meinen Humor geändert! — Diener! Diener! Sir Stapelton! jezt möchtet ihr sagen, daß ich aufgebracht bin! (ab.)

Stapelton. Ha ha ha! Andreas, du bist ja ein rechter lächerlicher Kerl! wenn ich einige

Bekanntschaft mit Dichtern hätte, ich würde sie bitten, seinen Karakter und Humor aufs Theater zu bringen; es könnte ein lustiges und ziemlich moralisches Stück werden. (Will. ab.)

Zweyter Auftritt.

Stapelton, Frau Stapelton, Lätizie.

Fr. Stapelton. Nun ist der Sturm loß! ein schöner Lerm! Er schreyt, flucht mit dem Bedienten, und schwört: unser Haus so gleich verlassen zu wollen.

Lätizie. Erwünschter Entschluß! was das für ein alter Drache ist! Keine Hausfrau von Yorkschiere kann in ihrer Waschwoche zorniger seyn.

Fr. Stapelton. Ich wollt er wäre schon aus'm Hause! — es würde mir leid thun, wenn deine Ruhe durch ihn gestört werden sollte.

Stapelton. Meine Ruhe? — Sie haben Besuch gehabt, Lätizie.

Lätizie. Das ist der schönste, angenehmste Mann von der Welt! — So bescheiden, so voll Verstand und Kenntnissen — so erfahren in seiner Kunst — seine Seele glüht von Geschmack für das Antike — er hat Kenntnisse, die nur ein wahres Genie erlangen kann.

Stapelton. Ja ja, ich verstehe! Er hat gewiß Ihre Arbeit gelobt.

Lätizie. Ich gestehs — aber was mir am meisten schmeichelt, er lobte Ihr Portrait über die Masen; mit doppelter Lust will ich es nun vollenden.

Fr. Stapelton. Er hat Ihren Kopf durch Schmeicheleien ganz verwirrt. Die Anmuth Rafaels — die richtige Zeichnung Michel Angegelos — Tizians Feuer — die Schönheit des Corregio's fänden sich zusammen in Ihren Arbeiten vereint, Arbeiten die ihres Gleichen nicht haben, sagt er.

Stapelton. Zum Henker, wer hat dich all das Geschwäz gelehrt? — das ist ja eine ganze Liste von Namen, die — —

Fr. Stapelton. Denkst du, daß ich der Miß umsonst die Zunge gelöst hätte? —

Lätizie. Eben wollen wir Herrn Manlov eine Kunstliebhabers Visite machen; der junge Maler sprach mit Entzücken von seiner Bildersammlung, Manlov soll einige unnachahmliche Stücke besitzen. Ich hoffe, Sie werden nichts gegen diesen Besuch einzuwenden haben. Er hat mir so viel von einer Lukrezie des Guido vorgesagt, daß ich vor Begierde brenne, sie zu sehen.

Stapelton. Ich zweifle, ob Lukretia so viel für sie thun würde! — aber sollte wohl diese Visite schicklich seyn?

Lätizie. Es geschieht ja täglich von andern! Die halbe Stadt war schon bey ihm zum Besuch. — Ich gehe als bloße Kunstschülerin dahin; und über das, in Begleitung der Madam Stapelton.

Stapelton. Gut, gut! ich bin eben nicht zu streng; und liebe anständige Freyheit. Sehen Sie, Miß! viel Vergnügen! ihr Diener! (ab.)

Lätizie. Kommen Sie, liebe Madam! das Licht, Gemälde zu besehen, ist uns nun günstig! Lassen Sie uns also nicht länger säumen. (gehen ab.)

Dritter Auftrttt.

Låtiziens Malzimmer.

Stafeleien und Gemälde liegen in Unordnung; eine große Glieder=Puppe als Model aufgestellt.

Luzie, hernach Dibble.

Luzie. Uiber meinen tollkühnen Bruder! was der mich verwirrt und verlegen macht; ich kann mich in nichts schicken. Ha! sieh doch meine Miß und ihr verstellter Maler haben eine schöne Unordnung in diesem Zimmer angerichtet! Ich weiß nicht zu was diese großen Genies gut sind — als zu verwirren.

Dibble. (Tritt ein.)

Luzie. Ha, bist du's Dibble?

Dibble. Still, still! bei einem Haar hättest du alles verdorben. Warum hast du den Gregory nicht an die Ecke der Straße geschickt, wie es ausgemacht war?

Luzie. Ich bin so verstört! ich fürcht' mich— ist der Ritter da?

Dibble. Er ist in der Nähe, und vom Champagnerdunst benebelt. Der Lunten ist bereitet, und du hast das Feuer dazu — berühr ihn, und husch! er brennt!

Luzie. Feuer? — ich hab kein Feuer bey mir! — haben dich die Bedienten gesehen?

Dibble. Nein, Gregory hat uns hereingelassen. Er hat iezt den jungen Zeisig in Verwahrung: Nie war ein günstigerer Augenblick.— Horch, er ist schon an der Thür.

Vierter Auftritt.

Hans von auſſen, Vorige.

Hans. Bſt! Advokat Pickel, — ſoll ich hereinkommen?

Dibble. Jezt müſſen wir ihn hereinlaſſen. Schleich' dich einen Augenblick hinaus, daß ich ihn vorbereite. — Vergiß nicht, daß Er Manloy, und du Lätizie biſt. Geh, geh!

Luzie. (Ab.)

Hans. (Kommt herein.)

Dibble. Jezt, herrlicher Ritter, werd ich Ihnen ein Weltwunder, einen Diamant vom erſten Waſſer, zeigen.

Hans. Waſſer? ich mag kein Waſſer! weg mit — gieb mir Wein! im Wein iſt Wiz, Ehrbarkeit und Liebe. — Ich bin höllenmäßig verliebt! wo iſt's Frauenzimmer?

Dibble. Hier in der Nähe — und ſchon halb die Ihrige. Ich hab' ihr recht vorgepredigt — Miß — ſagt ich —

Hans. Zum Henker mit euch, ſag ich! wer ſehnt ſich darnach, was ihr ſagtet! Zeig mirs Menſch! — in dem Handel da brauch ich keinen Advokaten: Champagner iſt mein Advokat — du biſt ein Dummkopf, Dibble, ein Quintenmacher! ich bin ganz Leben und Freude — geſattelt und geſtiefelt zum Angriff — eine Flaſche in der Rechten — und eine Flaſche in der Linken — Kopf und Herz doppelt geladen — das eine mit Kourage, das andere mit Liebe! — Pah! mein Bruder iſt ein Narr gegen mich. Sein Rock war nie in ſo guter Geſellſchaft! — wo iſt's Mädel? ich muß ſie ſehen.

Dibble. Nu nur Geduld! Sie ſollen ſie gleich ſehen. (Ab.)

Hans. Pah! das peitscht's Blut durcheinander! — wacker dreht sich die Welt rum — endlich hat sie ihre Füße gefunden, und tanzt im Ringel rum — sie hat lange genug geschlafen— (In dem er Malereien u. dgl. erblickt.) Zu was das Zeug all da? (Er stampft mit dem Fuße gegen eine Stafelei.) Zum Teufel was thust du da? — (Gegen die Gliederpuppe sprechend.) Was ist dein Handwerk? Eine magere, galgenmäßige Figur! — So wahr ich leb', ich riech den Spaß — sie malt! o verdammt! gar eine Künstlerin? Nein, das geht nit! das kann ich nit aushalten — ich muß all den Lumpenbettel untereinander werfen. (Zur Puppe.) dich werd ich bald zur Stube draus haben, Schurk! deine Regierung wird nicht lange dauern — das schwör ich dir! — ah, da kommt sie!

Fünfter Auftritt.

Dibble, Luzie und Hans.

Dibble. Sir Manlov, ich habe die Ehre Ihnen Miß Bellmohr vorzustellen. — Miß, das ist Sir Manlov.

Hans. Madam — hier sehen Sie den verliebtesten von ihren Knechten. Mein Freund hier, der Advokat Dibble, wird ihnen gesagt haben, daß ich Manlov heiße; er hat mir auch gesagt, daß Sie Miß Bellmohr heißen; — das wär also so viel als richtig! lügt er, so ist er nicht der Erste seiner Profeßion, der gelogen hat. Sollten Sie meynen, daß ich ein bischen illuminirt bin, so will ichs nicht läugnen: der Champagner, wie Sie wißen, kriecht gar leicht bis in obern Stock — und meine Hirnschale ist keine von den größten. — Wenn Sie aber denken sollten, daß ich so blind wäre, ihre Schönheit — oder meine eigene Verdienste zu übersehen, so sind Sie gewiß nicht die Person, für die ich Sie halte. Dibble, komm her und sag dem Frauenzimmer einige von meinen guten Eigenschaften vor — rede herzhaft!

Luzie. Mein Herr, das ist nicht nöthig! jeder Mund fließt von den guten Eigenschaften des Herrn Manlovs über.

Hans. Der Teufel soll mich gleich holen, wenn das mir geschmeichelt ist!

Dibble. Ich habs Ihnen vorausgesagt, Miß, was das für ein musterhafter junger Herr ist.

Hans. Dibble! — O du schlimmer Schelm! — seid so gut, und sagt der Miß, was ich auch für ein herrlich's Vermögen hab — solche Dinge kommen am allerbesten aus der Advokaten Mund sag ihr, worinn es besteht, und wo es liegt. Bey meiner Seel, ich habs vergessen, wo die Aecker all herum liegen.

Luzie. O sagen Sie nichts vom Vermögen, wenn die Rede von Herrn Manlov ist! — Ihre Person — Ihre Mine — Ihre Aussprach —

Hans. Viel Ehre, Madam! (Für sich.) Poz tausend, hier werd ich gar nicht zu liebkosen brauchen.

Luzie. Ihr Genie, Ihr Geschmack — Ihre Vollkommenheiten — ich bin selbst etwas in der Malerkunst erfahren —.

Hans. Ja? (Für sich.) Ich würde sie eben so gern haben, ohne die Kunst da!

Luzie. Sie, mein Herr, sollen vollkommen in dieser Kunst seyn; und nicht weniger in der Dichtkunst.

Hans. In der That, die Wahl zwischen Beiden thut mir weh!

Lu=

Luzie. Aber ihre Erziehung — man sieht wohl, daß Sie gereist sind!

Dibble. O das sieht man ganz klar!

Hans. Ihr habt Recht, Advokat! (Für sich.) Sie hat ein verdammtes Maul!

Luzie. Ueberaus gern hätte ich eine Erzehlung von Ihren Reisen; es läßt sich vermuthen daß Sie viele seltene Begebenheiten werden erlebt haben?

Hans. O ja — tausend und tausend! aber ich hab's verschworen, jemals davon zu reden.

Luzie. Sie müssen diese Blödigkeit ablegen! — Ach, was hat Ihnen die Güte des Rath Manlovs für Vorzüge vor Ihrem Bruder, dem Bauerntölpel auf dem Lande gegeben!

Hans. Und doch würd' ich lieber ein einziges gutes Wort für den armen Schlucker, den Bauerntölpel auf dem Lande, reden hören, als ein ganzes dickes Buch voll Lobs auf den Karl Manlov! es geht mir durch alle Glieder, wenn ich davon höre.

Dibble. (heimlich.) Luzie, mach dich an ihn oder er ist für uns verloren! (heimlich.) Hans, was macht Ihr? ein einziger kühner Schritt, und sie ist Euer!

Hans. Das mag seyn! aber ich hab eine so ganz besondere Neigung für den armen Schlucker, den Bauerntölpel, Hans Nachtschatt — und bis ich ein Frauenzimmer finde, die ihn seinem Bruder vorzieht, bleib ich ledig; das ist's End vom Lied! Es hat gar nichts zu sagen, und damit Gott befohlen! (Ab.)

Luzie. So endigt sich das Kapitel vom Manne! Dank dir für deine Erfindung, Bruder!

Dibble. Dank dir selbst, für deine Tollheit! Wie zum Henker! kamst du auf den Gedanken,

von dem Purschen auf dem Lande zu schwatzen? —
wie konntest du so gänsemäßig seyn? —

Luzie. Was liegt daran! Er ist zu scheu,
um durch eine Strohfackel in Brand gesteckt
zu werden. Laß unser feines Plänchen fahren!

Dibble. Fahren? — nein, verzweifle nicht
Ich habe noch andre Quellen, wovon du nichts
weißt. Komm, Luzie! du sollst meinen erfin-
derischen Geist näher kennen lernen. (Gehen ab.)

Sechster Auftritt.

Karl Manlovs Zimmer.

Karl Manlov, hernach Hans.

Karl. Es ist Zeit die Maske abzulegen! Ich
habe bereits genug gesehen; genug gehört! Einem Frauenzimmer, das unsre Augen und Ohren zugleich so einnimmt, dem läßt sich nicht
lang widerstehen. Miß Bellmohr ist ein wahres Modell der Schönheit — auch all ihren Verstand abgerechnet, bezaubert sie; und schon ihr
Verstand ohne Schönheit, würde hinreißen. In
eben dieser Verkleidung muß ich noch einmal
zu ihr, um sie zu bitten: Herrn Manlov den
Zutritt bey ihr zu verstatten. Bewilligt sie
dies, so werde ich mir ihre Einwilligung zu
Nuzen machen, und mich ihr sogleich entdek-
en — wo nicht? so — aber was seh ich da?
(Indem Hans kommt.) Ha ha ha! bey allen
Liebesgöttern und Amouretten! mein Pariser
Kleid — der Rock, für große Feierlichkeiten
bestimmt — den ich am Tage der Hochzeit des
Grafen Artois trug — hat jezt die Ehre, bey
den allerliebsten Streifereien des vortreflichen
Hans Nachtschatt zu parabiren.

Hans.

Hans. Ja, wenn ich gewollt hätte, wär's zu einer zweyten Hochzeit kommen! bey meiner Treu, auf ein Haar häts ein schön Mädel verführt, und zwar eine von den reichsten in der Stadt.

Karl. Ich habe geglaubt, du hättest deine Anschläge vielmehr auf Buhldirnen, als auf reiche Mädchen gerichtet.

Hans. Das Frauenzimmer, Herr Bruder, ist beides zusammen! schwör mir, daß du schweigen willst, und ich sag dir, wo ich war.

Karl. Hans, du wirst mir doch ohne Schwur trauen? du weißt, ich bin kein Schwäzer — sag: wo warst du?

Hans. Kaum wirst du's glauben! — wo sollt ich wohl anders gewesen seyn, als im Quartier des alten Murrkopfs?

Karl. Was? in Stapeltons Hause?

Hans. Wirklich, im feindlichen Hauptquartier! ein närrischer Streich!

Karl. Und was brachte dich dahin?

Hans. Ein Mädel! das Mensch, wovon ich dir eben sagte.

Karl. Sprich, was für'n Mensch? — Ich begreife gar nicht, wie dich ein Mädchen in Stapeltons Haus hätte locken können.

Hans. Ja, sie würde mir überall nachgezogen seyn, durch die ganze weite Welt, glaub mir nur, sie ist schon bereit, mit mir abzureisen.

Karl. Und ihr Name wär?

Hans. Bellmohr!

Karl. Wie?

Hans. Lätizie Bellmohr.

Karl. Was hast du gemacht? ich hab eine vorzüglich gute Meinung von diesem Frauenzimmer — und wenn du das mindeste gesagt oder gethan hätteſt, das ſie beleidigen kōnnte, ſo —

Hans. Sie beleidigen? Poz! hätteſt du gehört, wie ſie mich einen Bauerntölpel genennt hat, du würdeſt ſagen: ich hätte die gröſte Urſache, bös auf ſie zu ſeyn.

Karl. Ich verſtehe dich noch immer nicht. Du erzählſt deine Geſchichte ſo durcheinander; ſie iſt ſo verwirrt, daß ich gar nicht weiß, was ich daraus machen ſoll.

Hans. So erzähl du's lieber ſelbſt, Bruder.

Karl. Miß Bellmohr iſt ein Frauenzimmer, für die ich die zärtlichſte Neigung habe; nimm dich wohl in Acht, ſie im mindeſten zu beleidigen! — wo nicht, ſo befürchte meine ganze Rache und —

Hans. Pah!

Siebenter Auftritt.

Die Vorigen, Friedrich, hernach Dibble.

Friedrich. (Zu Karl.) Sir Manlov verlangt Sie auf ſeinem Zimmer zu ſprechen.

Karl. Ich werde ſogleich aufwarten.

Friedrich. (Ab.)

Karl. Bruder, bis hieher, glaub ich, haſt du noch kein Unheil angerichtet — aber ich hoffe, daß du künftig behutſamer und klüger ſeyn wirſt. (Ab.)

Hans. (Allein.) Pah! ja, ich werd ſo'n Geck ſeyn, wie du! — beide Ohren von meinem Kopf gäb ich drum, wenn ichs nur dahin bringen könnte, daß dies Mädel mein Brüderchen, die geleckte Maus da, hinters Licht führte; ſo wollt' ich mich an ihm rächen. —

Dibble. (Kömmt.) Ritter! — Junker!

Hans. Ach Dibble, ich hab'n erzdummen Streich gemacht!

Dibble. Was? macht Sie der Champagner so muthlos und niedergeschlagen?

Hans. Wuth und Aergerniß machen mich nüchtern! O wenn ich nur's Mädel wieder sehen könnt!

Dibble. Wünschen Sie's?

Hans. Ja — und ich würde lebenslang bey ihr bleiben, könnt ich nur meinen ältern Bruder um die Miß Bellmohr prellen!

Dibble. Wirklich Ritter? das giebt mir neue Hofnung! folgen Sie mir noch einmal in Herrn Stapeltons Haus — und mein Leben zum Pfand, das Frauenzimmer ist Ihre!

Hans. Ich geh mit! Komm! Komm!

Dibble. Halt! Holla, nicht so geschwind! der alte Bär möcht in seiner Höle stecken. Lassen Sie mir eine Viertelstund Zeit, und wenns dann fehlschlägt, so schneiden sie diese Nase ab, und nageln sie sie an die Wand. (Ab.)

Hans. (Nachrufend.) Es bleibt dabey — ich halt euch beym Wort. Jezt, schöner Bruder, jezt halt ich dich beym Schopf, und will deinen Hochmuth schon fallen machen! bald, bald werd ich dir zeigen, daß auch ein Bauerntölpel Hofwiz haben kann. — Holla, wer kommt da?

Achter Auftritt.

Hans, Friedrich, hernach Fr. Stapelton, Lätizie.

Friedrich. Ein paar Frauenzimmer sind draussen, welche gern die Gemälde sehen möchten.

Hans. Mach im Saal die Fenster auf.

Friedrich. (Zur entgegengesetzten Seite ab.)

Hans. (geht zur Eingangsthüre, und zieht Lätizien herein.) Kommens herein! — Sie begucken gern Gemälde, mein schönes Frauenzimmer? — Mir ists, mein Seel, lieb, daß ich Ihnen ein bischen die Zeit vertreiben kann.

Fr. Stapelton. Sie sind also der Besitzer dieser wunderseltenen, schönen Sammlung? Sie sind Sir Manlov?

Hans. Ihnen meine schönen Frauenzimmer zu Diensten!

Lätizie. (Zur Fr. Stapelton.) Welch ein Anstand — welch eine Sprache! ich finde gar nichts Empfehlendes an ihm!

Fr. Stapelton. Freilich spricht sein Aeusserliches nicht für ihn.

Hans. (Für sich.) Hui! sie wirft verliebte Augen auf mich! — (Laut.) Finden Sie's nicht ein bischen kalt, mein Frauenzimmer? ich wollt es wär Feuer im Ofen.

Lätizie. Man ist Ihnen verbunden, daß sie so gütig erlauben, ihre schöne Bildersammlung zu bewundern.

Hans. Wenn andere Leute nicht mehr Spaß an den Bildern finden, als ich, so könnten sie bis an jüngsten Tag im Dunkeln hangen!

Lätizie. Sie scherzen! ists möglich, daß Gemälde, die so viel Zeit und Geld anzuschaffen gekostet haben, Ihnen kein großes Vergnügen gewähren sollten?

Hans. So ists halt mit den Bildern, Madam! — Es geht damit wie beym Heurathen — der ganze Spaß ist, um ein schön Mädel zu werben, und, wenn man sie erhascht hat, wieder sitzen zu lassen! Daherum hängen die Bilder, links und rechts und überall, — ein lustiger Haufen: alte zusammengeschrumpfte Weibsgefichler, mit Pelz und Fröfen bis an den Hals; und Jungens, ohne einen Fezen, der sie deckt. — Die Maler sind elende Schneider, sie schicken eine Göttin in die Welt, ohne nur eine Wolke über sie zu hängen! gar drollicht ists, was die Bilder da alle bedeuten! Sie mögen selbst reden, ich weis sehr wenig um ihre Geheimnisse.

Lätizie. Welche Schönheiten! Ha! dort ist die Venus von Tizian — welch eine himmlisch schöne Gestalt! was für ein herrliches Kolorit! — Aber sehen Sie, liebe Madam, sehen Sie doch! hier ist wahre Größe und Anmuth: Guidos Lucretia! der Dolch in ihrer Brust — welch erhabener Ausdruck vom heroischen Selbstmord — was der große Künstler für Geist in diese Augen gelegt hat!

Hans. Ja sie hat einen teufelsmäßigen Geist gehabt — aus purer Aergerniß hat sie sich umgebracht — weil sie ihr Liebhaber hat sitzen lassen.

Fr. Stapelton. Sie halten uns vielleicht für sehr unwissend, mein Herr! — die Geschichte, glaub ich, giebt weit erhabernere Gründe an, um Lucretiens Tod zu rechtfertigen.

Hans. Kann seyn! aber man hat alles gethan, um die Geschichte zu vermänteln. Es ist so, wie ichs Ihnen sag' — ich habs von Einem aus ihrer Familie.

Lätizie. Wie lächerlich! — Sehen Sie dieses Gemälde da, Madam! es ist eine traurige Geschichte vom Poussin — wie meisterhaft vorgetragen — die Darstellung der Pest von Marseille! Erblicken Sie diese herrliche Figur — der Bischof in der Mitte des elenden Volks — welche rührende Gruppe!

Hans.

Hans. Ein Bischof? Madam! — die Person die Sie da betrachten, ist ein Arzt, und die Leute um ihn herum sind seine Patienten — ich muß sagen, sie sind in verzweifelten Umständen! Sehen Sie, die zornige Gestalt in der Ecke da? das ist ein Spieler — er gräbt das Bley aus falschen Würfeln, um Kugeln daraus zu gießen womit er sich selbst erschießen will. — Die Lehre davon ist nicht übel.

Lätizie. Wenn Sie gegen alle Fremde so gefällig sind, so wird die Welt recht sehr aufgeklärt werden. — Doch, wir wollen Sie nicht bemühen, uns Erklärungen zu geben; obschon Ihre Sammlung die beste seyn mag, die wir gesehen haben, so ist sie doch nicht die erste.

Hans. Vielleicht sind Sie gar eine Malerin, wie das Mädel, das ich vorhin erst besucht habe.

Lätizie. In Gegenwart solcher Meister, die ich hier versammelt finde, kann ich mich keine Malerin nennen — in meinem eigenen Kabinet überred ich mich zuweilen, daß ich es bin.

Hans. Ja, in Ihren Kabineten, wie man mir gesagt hat, solls malen eine Kunst seyn, die die schönen Jungfern am fleißigsten exerciren. Was sagen Sie zu dem Gemälde über dem Tisch? es ist ein drollichter Einfall! nicht wahr?

Lätizie. Es ist ein Gemälde aus der venetianischen Schule. Ich halt es für Tintorets —

Hans. (Einfallend.) O, weit von der Geschichte weg! weit weg!

Fr. Stapelton. Sie spricht von dem Meister, mein Herr, nicht von der Geschichte. — Die Geschichte ist klar: es ist Akteon — ein treffend moralisches Bild! er ward durch die Göttin der Keuschheit, wegen seinem unverschämten Vorwiz, zur Strafe in einen Hirsch verwandelt.

Hans. Gefehlt! — Sie irren sich in der Moral. — Der Pursch mit dem Geweih auf'm Kopf ist ein Ehemann aus der Stadt; das große Frauenzimmer da, ist seine Frau; sie trägt einen halben Mond auf ihrer Stirne, um anzuzeigen, daß sie mit diesem Schmuck handelt. Und alle die Schönen sind im kalten Bade abgemalt um ——

Lätizie. Kommen Sie, Madame, es ist Zeit, daß wir gehen.

Hans. Ich denk, Sie werden doch nicht zu Fuße fort gehen wollen?

Fr. Stapelton. Wir wohnen sehr nahe, gleich in der breiten Straße.

Hans. Darf ich Sie begleiten? es wartet eine Kutsche auf mich — und ich hab ohnehin in der breiten Straße etwas Bestelltes, Madam. Ich laß nicht gern ein verliebtes Mädel, das für mich stirbt, lang warten.

Lätizie. Sir Manlov ist über alle maßen galant.

Hans. Ich weiß nicht, Madam, ob ich nicht das Mädel auf Gerathewohl heurathen möchte, wenn nicht ein einziger Umstand gegen sie wär.

Lätizie. Darf ich fragen, was das etwa seyn mag?

Hans. Sie hat ein verteufeltes Jucken fürs Malen. Ich könnte erleben, daß alle meine Götter und Göttinnen von der Wand herunter müsten, um Plaz für ihre pöbelhafte Freunde und Anverwandte zu machen.

Fr. Stapelton. Das würde ein trauriger Wechsel seyn!

Lätizie. Haben Sie ja wohl auf das Malermädchen Acht, denn ich fürchte sehr, sie entwicht Ihnen, ehe Sie sich versehen.

Hans. Drum hab ich nicht umsonst meine Augen auf dem ehrlichen Manne mit seinem

Hauptschmucke da — — von wem soll ich sagen, daß ich diese Warnung bekommen habe, wenn ich gefragt werde? —

Lätizie. Wenn sie Miß Bellmohr sehen sollten, mein Herr, mögen Sie zugleich an mich denken.

Hans. Bellmohr? — wie Teufels kommen Sie dazu, meines Mädels Namen zu errathen?

Lätizie. Es wohnt nur eine Malerin in dieser Straße — und Sie wird, wie ich glaube, auch darinn wohnen bleiben; diese ihre Samlung läßt sie unverrückt, und sie wird Sie gewiß mit keiner ihrer Arbeiten belästigen. Hier geb ich Ihnen mein Wort darauf. Ihre Dienerin! (Zu Fr. Stapelton.) Wir wollen nach Hause eilen, um ihn daselbst, wie er es verdient, zu empfangen. (Zu Hans.) Eitler, unverständiger Mensch! — (Sie und Fr. Stapelton gehen ab.)

Hans. Ein gutes lebhaftes Mensch! — aber eine Teufelszunge. He he! Sie müssen sich doch die Treppe hinab in meinen Arm hängen. (Ab.)

Vierter Aufzug.

Stapeltons Zimmer.

Erster Auftritt.
Luzie, Dibble.

Luzie. Noch immer will mir dein Projekt nicht in Kopf; es kann uns am Ende nichts als Verlegenheit und Schande bringen. Doch er könnte schon hier seyn! — (horcht.) Schau zu, wer da ist.

Dibble. (Geht an die Thür.) Hölle, es ist Frau Stapelton und Lätizie.

Luzie. Was fangen wir an?

Dibble. Schleich mit mir die Hintertreppe hinunter! wir wollen beide den jungen Nachtschatt aufhalten: ich kann ihn in mein Logis nehmen, und dadurch eine höchstgefährliche Zusammenkunft vermeiden.

Luzie. Geh nur zu! geschwind! (Gehen ab.

Zweiter Auftritt.

Frau Stapelton, Lätizie.

Fr. Stapelton. Kommen Sie liebe Lätizie Sie nehmen sich diese Sache zu sehr zu Gemüthe. Was kann Ihnen der Mann, den sie zuvor nie gesehen, schaden?

Lätizie. Wahr! und doch, mit Schamröthe gestehe ichs Ihnen, es kümmert mich sehr. Gabs je eine solche Verlegenheit für ein junges Frauenzimmer?

Fr. Stapelton. Entweder war sein Betragen Verachtung und Spott gegen uns, oder es war höchste Unwissenheit.

Lätizie. Sind das die Früchte von öffentlicher Erziehung? Ist das der so gepriesene schöne, wohlgesittete, der gelehrte, gereiste junge Herr? — Sein bäurischer Bruder vom Lande kann nicht ärger seyn! Und das es noch so verblendete Leute geben kann! — sonst ist die feine Welt doch geneigt, eher böses als gutes von den Leuten zu reden.

Dritter Auftritt.

Ein Bedienter, Vorige.

Bedienter. Ein Herr verlangt nach Miß Bell'mohr.

Lätizie. Führt ihn herein!

Bedienter. (Ab.)

Fr. Stapelton. Ich brauch Ihnen wohl nicht anzuempfehlen, ihm so zu begegnen, wie er es verdient.

Lätizie. Ich müßte mehr oder weniger als ein Frauenzimmer seyn, wenn ich ihn schonte.

(Fr. Stapelton geht ab.)

Vierter Auftritt.

Ein Bedienter führt Hans Nachtschatt herein.

Bedienter. Spazieren Sie nur herein: Miß Bellmohr erwartet sie schon.

Hans. Wo ist Dibble? — daß der Esel mir nicht an der Thür entgegen kam! wenn mich der alte Murrkopf hier träffe! — was, zum Henker, will die schon wieder? (Bedienter ab.)

Fünfter Auftritt.

Hans, Lätizie.

Lätizie. Diererin, Sir Manlov! Sie sind sehr pünktlich, wie ich sehe.

Hans. O ja, gewiß Madam! Gewiß! (Für sich.) Wenn sie nur fortgienge!

Lä-

Lätizie. Sie haben wohl daran gethan, daß Sie das arme Mädchen, das für Sie stirbt, nicht wollen schmachten lassen.

Hans. (Für sich.) Sie ist verteufelt frech! — woraus sind die Londner Frauenzimmer gemacht?

Lätizie. (Für sich.) Er ist ganz bestürzt! Haben sie Befehle oder Aufträge für mich, Sir Manlov?

Hans. Befehle? — Keine! — Ich dank Ihnen — keine! (Für sich.) Sie will ihr Geschwäz noch weiter treiben. (Laut) Ich hoffe, Sie haben vorhin die Gemälde genug begafft? — (Für sich) Miß Bellmohr wird doch bald kommen?

Lätizie. Ich bewundre immer noch Ihre Sammlung — und in diesem Punkt ward meine Erwartung befriedigt.

Hans. Versteh schon, was Sie damit sagen wollen, Madam. — Aber Frauenzimmer-Erwartung ist nicht immer so leicht zu befriedigen.

Lätizie. Vielleicht nach Herrn Manlovs Sinn so leicht nicht.

Hans. Wohl, Madam; ich wünsch Ihnen Gerechtigkeit zu thun — aber ihr Besuch — es muß nur grad raus! war etwas unzeitig, und das alte Frauenzimmer dabei vollends überflüßig.

Lätizie. Ich befürchte allerdings, unsre Visite hatte so etwas unschickliches. Indeß muß ich Ihnen doch frey bekennen, daß, wenn Sie willens sind, mir gewisse Vorschläge zu thun, es für unser beider Ruhe zuträglicher seyn würde, ohne alle Umstände grad zur Sache zu kommen.

Hans. Zur Sache zu kommen, Madam? bei meiner Seel, ich weiß nicht, was ich recht sagen soll, — freilich kam ich her, um in vollem Feuer mich der Miß Bellmohr, ganz wie ich bin, zur Ehe anzubieten; aber das wissen Sie wohl

wohl, so was ist immer eine desperates Stück Arbeit.

Lätizie. Ich versichere Sie, daß ich eben so viel Furcht vor dem Ehestande habe, als Sie.

Hans. Wohl gesprochen! (Für sich.) Wenn sie nur einmal gieng! — (Laut.) Sie haben Recht! Sie schnappen gern nach freier Luft, ich auch.

Lätizie. Da wir also Beide darinn übereins kommen, was brauchts viel Worte unter uns? — ich glaub es wär besser, sogleich voneinander zu scheiden.

Hans. So bald's Ihnen nur gefällt. Ich will Sie gar im geringsten nicht aufhalten.

Lätizie. (Heftig bewegt.) In der That, Sir Manlov, dieses Ihr Betragen ist allem was ich von Ihnen gehört habe, so entgegen, daß ich ganz bestürzt darüber bin. Aus was für Gründen, Launen oder Kaprisen, es Ihnen gefällig war, eine solche Aufführung zu zeigen, weis ich nicht. Natürlich kann sie unmöglich seyn! (Ab.)

Hans. Endlich hab ich sie doch fortgetrieben! mein Seel, ich fang an meine bunten Federn bis über die Ohren satt zu kriegen! — Ich merks, ich lasse schon die Flügel verteufelt hängen. Es bleibt halt wahr: jeder Schuster bleib bey seinem Laist! Hans glattweg! — auf'm Land schickt sichs besser für mich, als in der Stadt; alles fällt hier über einen her — —

Sechster Auftritt.

Hans, Gregory.

Gregory. Ach, Ritter Hans, halten Sie sich verborgen! der alte Unhold ist unten an der Thü-

Thüre in einen merkwürdigen Streithandel verwickelt.

Hans. Tod und Teufel! wie soll ich jezt durchkommen, ohne daß er mich sieht?

Gregory. Er hat noch eine gute Weile unten zu schaffen.

Hans. Was giebts denn wieder?

Gregory. Die ewige alte Leyer! Er hat einem Briefpostträger beinahe die Hirnschale eingeschlagen, weil dieser ihm zu laut ins Ohr geblasen. Er giebt vor, er habe zu delikate Nerven. Der Kerl hat die Leute zusammen gerufen, und der Alte mußte Fersengeld geben; unten an der Thüre haben sie ihn eingeholt, und ganz umringt. (Er geht an ein Fenster.) Ha! dort ist er — nur Mäuschen still, bis er aus'm Weg ist!

Hans. Gib wohl auf die Thür acht! Aber Gregory! sag mir, wer ist denn die schöne Madam, mit der ich eben gesprochen? Der Schreiber Dibble wird mich doch nicht auf eine unrechte Fährt geführt haben? — Sie haben sie mir als Miß Bellmohr vorgeführt — Gibts etwa zwey Bellmohrs, so wie's zween Manlovs giebt? — ein falscher und ein wahrer?

Gregory. (Für sich) Was soll ich ihm sagen? (Laut.) O ja, es giebt hier zwey, von ebendemselben Namen. Diese da aber ist nur eine Base von der andern — so eine Art Zugabe in der Familie.

Hans. Eine Zugab, sagst du? — schau wohl auf die Thür! — das Weibsbild ist ja weit reicher und aufgepußter angezogen, als die, der ich nachsetze.

Gregory. Ja — aber die Ihrige — hats Vermögen! des Dibble's seine Miß Bellmohr, ist das rechte Mädel für Sie.

Hans.

Hans. Aber wo ist der Dibble mit seiner Miß Bellmohr? — Ich meyn, ich hätt' hier lange genug gewartet! — was soll ich von alle dem denken?

Gregory. Was Sie davon denken sollen? — ich wills Ihnen sagen: dieses Frauenzimmer — sehen Sie — aber gehen Sie nicht wieder herum, und sagen Sie's Andern, daß es von mir kömmt — dies Frauenzimmer hier ist — horch! — Ihr Vater kommt!

Hans. Ich hör seinen Gang auf der Treppe! meine Knochen thun mir schon von seinem Tritt weh! (Ab.)

Gregory. (Ruft ihm nach.) Geschwind, geschwind die hintere Treppe hinunter, und fort, wenn Ihnen Ihre Glieder lieb sind. (Stellt sich in eine Ecke.)

Siebenter Auftritt.

Gregory, Nachtschatt.

Nachtschatt. He Gregory! Gregory! Spitzbub! hängenswerther Hund, wo bist du? wo steckst du? (Erblickt ihn) Geschwind lauf hinunter! treib das schreiende Gesindel von der Thüre weg!

Gregory. Ich könnt eben so leicht eine Heerde Wölfe auseinander treiben; Sie fräßen mich lebendig auf! Ach ihr Gnaden wissen, scheints, wenig, wie's bey einem Londner Auflauf zugeht?

Nachtschatt. Kerl, geh nunter, sag ich dir, und treib sie auseinander! oder —

Gregory. Ich sag Ihnen, das wäre mehr als der Polizeimeister selbst thun kann. — Sie schreien,
daß

daß ein Mensch auf den Kopf geschlagen wär, und sie wollen nicht ruhen, bis noch einer oder zwey ihm mit blutigen Köpfen Gesellschaft leisten. O Sir lassen sie die Leute das Ding unter sich selbst ausfechten!

Nachtschatt. Sie lassen? — Dummkopf! wir wollen sie zu Leibe! mir! sonst hätt' mich nichts wieder in dies Haus gebracht.

Gregory. O lieber Herr! sind Sie denn auf den Kopf geschlagen worden?

Nachtschatt. Du Esel! ich habs Unheil angerichtet; ich! aber der geduldigste Mensch von der Welt, hätte nicht weniger thun können.

Gregory. Ja, wenn Sie den nemlichen Takt auf seinem — wie auf meinem Hirnschädel — geschlagen haben, so glaub ichs wohl, daß ein Londner Hirnschädel Ihre Faust nicht so leicht ertragen kann, als der meinige! sie sind viel mürber hier zu Lande.

Achter Auftritt.

Stapelton, Vorige.

Stapelton. Freund Andreas, was bedeutet der gewaltige Lerm unten am Haus?

Nachtschatt. Ich denk, der leibhafte Teufel sizt in denen Schurken! Aber hört mir nur zu: da ich so über die Straße herunter geh, den Kopf noch ganz voll von dem verfluchten Taubenhaus — da kömmt mir ein Schurk — ein magerer Pickelhäring in die Quere, bläst mir grad mit seinem feinem Posthörnchen ins Ohr — und spreizt mir zugleich seine Zeitungsblätter unter die Nase. Da ich nun auf der Welt nichts so
sehr

sehr hasse, als Lerm und Zeitungen, so konnt ichs nicht lassen, ihm eine kleine Warnung mit meinem spanischen Rohr auf sein Dach zu geben; seine Hirnschale krachte verflucht, und der politische Schurk fiel um — sogleich laufen die Lumpenhunde zusammen, und ich spring' in euren Hof.

Stapelton. Ja, wenn ihr die kleine Stadtpost habt wollen schweigen machen, so ists ein böser Handel; es wär weit besser, ihr hättet den Parlamentssprecher aus seiner Kutsche gerissen, und ihm's Hirn eingeschlagen. — Bedenkt nur, was ihr euch für Feinde zuzieht, da ihr den Umlauf von Lügen, Verläumdungen und Ehrabschneidungen hemmt — diese Dinge sind der Stadt eben so nothwendig, als der Umlauf des Geldes.

Nachtschatt. Geh nunter Kerl, und sieh zu, ob du die Sache mit einem Schluck Brantewein wieder gut machen kannst. Sag, daß der Kerl nichts von seinem Schaden reden soll! wenn mein Rohr seinen Kopf gespalten hat, so ists nicht mehr und nicht weniger, als was sein vermaledeites Posthorn an dem meinigen auch gethan hat — Er war der Anfänger! er!

Stapelton. Horcht, Gregory! Ihr werdet die Sache schon wieder gut zu machen verstehen. — (Heimlich.) Aber es schadet nichts, wenn wir ihn ein bischen in Furcht sezen. Ihr wißt schon, wie ihr es anfangen sollt.

Gregory. (Heimlich.) Ich steh Ihnen dafür! es soll alles gut ablaufen. (Ab.)

Neunter Auftritt.

Die Vorigen, Frau Stapelton, Lätizie.

Lätizie. Ja, Herr Nachtschatt, das ist ein böser, böser Handel! das kömmt vom Zorne her!

Fr. Stapelton. Ein nüchterner Bürger — eine arbeitsame, geschäftige, gute Seele so zu —

Lätizie. Ein Vater einer Familie — acht hilflose Kinder — ich fürchte Sie haben ihm den lezten Schlag gegeben! der Himmel steh uns bei!

Nachtschatt. Den lezten Schlag? was liegt daran! — hat er mir nicht den ersten gegeben?

F. Stapelton. Ach, der Himmel weiß es, der Zorn ist ein fürchterliches Ding! es macht den Mann zu einem wüthenden Thiere. Der Himmel schüze mich vor einem zornigen Manne!

Nachtschatt. Und doch, Madam, braucht man nur Sie anzuhören, um den sanftmüthigsten Mann in Wuth zu bringen. Ist das etwa nichts meine Nerven zerrissen, und den kleinen Fasern-Bau des Gehirns durch solchen Lerm erschüttert zu haben? — Polizeygeseze sollten solchen abscheulichen Mißbräuchen zuvor kommen!

Stapelton. Das Gesez sieht das Kopfzerschmettern für den grösten Mißbrauch an!

Zehnter Auftritt.

Gregory, Vorige.

Stapelton. Hier kommt Gregory zurück! — Wie gehts mit dem Zeitungsposträger?

Gregory. Er wird wohl zum leztenmal in sein Horn geblasen haben, Sie können ruhig
vor

vor ihm schlafen. Ich bot ihm, in Ew. Herrlichkeit Namen, den Schnapps an, aber sein Mund blieb verschlossen; er kann Ihre Gnadenbezeugungen nicht mehr genießen.

Fr. Stapelton. Schrecklich! Sie haben den Mann umgebracht!

Stapelton. Was sagen die Umstehenden dazu?

Gregory. Sie loben den armen Teufel über die Maßen. Sie sagen, daß kein Sterblicher ein Liebesbillet richtiger überbracht, und sein Posthorn feiner geblasen hätt, als er.

Lätizie. Dem Herrn Nachtschatt hat er's zu verdanken, daß er nun eine bemerkte Rolle unter den Sterblichen spielt.

Gregory. Wenn ich an Ihrer Stelle wär, ich würde mich vors erste um ein Gerichtsglied umsehen; es würde auch sehr weislich gethan seyn, den Herrn erst brav zu schmieren, eh er die Rathsversamlung, wegen diesem Vorfall zusammen beruft.

Fr. Stapelton. Habt ihr auch an die erforderlichen Zeugen gedacht?

Gregory. Wir müssen standhafte, unpartheiische, unbestochene Zeugen haben, um schlimmere Vorfälle zu verhüten. Solche Zeugen, die gar nicht bei der Sache zugegen gewesen. Die Leute dort unten schicken sich gar nicht dazu. — Wenn Sie allenfalls willens seyn, mich zu einem solchen zu nehmen, so sind sie verlohren, Ihr Gnaden — denn, wenn ich nur diesen meinen Kopf im Gericht hätte, so würden Sie schon bloß darauf verurtheilt werden.

Nachtschatt. Halts Maul Schurk! — ich glaub von alle dem kein Wort — will nunter gehen, und das Ding mit eigenen Augen ansehen.

Stapelton. Halt, halt, Freund Andreas! das laß ich nicht zu; sie würden dich in Stücken zerrissen. Ich will wo es möglich ist, die Leute befriedigen. Wenn es so ist, wie Gregory sagt, so schick ich ins Spital; — wir wollen ihn beim Leben zu erhalten suchen — so viel wir nur immer können. (Ab.)

Nachtschatt. Dank, Herr Stapelton! dank euch von Herzen! das heiß ich doch freundschaftlich!

Lätizie. Liebe Madam, folgen Sie dem Hern Stapelton und bereden Sie ihn, daß er den Alten nicht weglasse — man muß ihn's fühlen machen.

Fr. Stapelton. Ich denk auch so. Bleiben Sie indessen hier. (Ab.)

Lätizie. Ach, Herr Nachtschatt, können Sie in Ihrem reifen Alter nicht von diesem unglücklichen Humor ablassen? Sie sehen die traurige Wirkungen des Zorns; fühlen, wie ich sehe, Reue und Schmerz. — In der That, ich habe Mitleid mit Ihnen. — Ihre Lage lockt mir Thränen aus den Augen.

Nachtschatt. So ist's mehr, als sie in die meinigen lockt. Ich sags Ihnen, Miß, es ist nichts, als ein Narrenspiel, um mir Geld raus zu locken; und der Spitzbube Gregory da, ist mit im Komplot. Stapelton wird Ihnen eine ganz andere Geschichte erzählen.

Lätizie. Erwarten Sie das Schlimmste, und überlegen Sie, was für einen Ersaz Sie der betrübten Wittwe machen können.

Nachtschatt. Oh, sparen Sie Ihr Mitleid, junge Madam! Sie wissen noch nicht, wie leicht sich die meisten Wittwen trösten lassen.

Gregory. Es ist freilich besser, daß sich Ihro Gnaden diesen Handel nicht so sehr zu Herzen nehmen; der Kerl muß auch nur trepanirt wer-

werden. — Aber was wird der liebe gute Ritter Hans von alle dem denken? Er ist auf dem Lande — der liebe Gott erhalt ihn gesund; es träumt ihm nichts von diesem Unglück Ich fürcht' es beißt ihm's Herz ab!

Nachtschatt. Halts Maul, Dummkopf!

Eilfter Auftritt.

Die Vorigen, Stapelton.

Nachtschatt. Nu Herr Stapelton, habt ihr den Mann gesehen?

Stapelton. Ich hab ihn gesehen, und den Pöbel gestillt!

Nachtschatt. Das ist wacker! und so war alles nur ein falscher Lerm?

Stapelton. Ich wollt' ich könnte das sagen. Wir müssen nur das Beste hoffen.

Nachtschatt. Wie? was? Er ist doch nicht in Gefahr? — dieses Kerls Nachricht da, achte ich nicht — aber die eurige macht mich unruhig.

Stapelton. Die Anzeigen versprechen in der That nicht viel Gutes. Ich hab ihn aber den besten Händen anvertraut — er ist ins erste Spital gebracht worden. Es thut mir herzlich leid, Sie so unruhig und bestürzt zu sehen.

Lätizie. Das ist ganz natürlich, die bösesten Leute haben Augenblicke von Reue; es läßt sich nicht behaupten, daß Herr Nachtschatt, obschon er dem Zorn so sehr ergeben ist, ganz von allen menschlichen Gefühlen entblößt seyn sollte.

Nachtschatt. Ich bitte so gut zu seyn, mich allein zu lassen. Ich wünschte eine Minute Erholung zu haben. — Gregory, du magst bleiben. (Er geht in Grund des Theaters zurück.)

Stapelton. Lätizie, ich fang an, Mitleid mit ihm zu haben.

Lätizie Ueberlassen Sie ihn nur seiner eigenen Ueberlegung. Das beissende Gewissen bringt zuweilen, gleich Quacksalbern, große Bewegungen in des Menschen Natur hervor. Reue aber ist der wahre Arzt, der durch langsame, aber desto wirksamere Wege, seine Pazienten heilet. (Stapelton und Lätizie gehen ab.)

Nachtschatt. Gregory!

Gregory. Ihr Gnaden! (Für sich.) Wie ein Büßer steht er aus; als wollt' er sagen, Gregory, verleih mir ein gutes Wort bei meinem Verhör.

Nachtschatt Gregory — Ich hoff' der Sturm soll sich von selbst legen. — Das sie mir nachsezen werden? Nein, das glaub ich nicht; und sollts das Aergste geben, so können sie nicht mehr daraus machen, als einen Mord von ungefähr — sonst nichts, Gregory, gar nichts! und in dem Fall sind die Geseze nicht so strenge. — — Freilich, da ich ein Mann bin, der sich immer der Strenge der Geseze gegen andre bedient hat, — merk es wohl! — und ich mir folglich viele Feinde unter bösen Leuten dadurch zugezogen habe, so denk ich, ehrlicher Gregory, daß du dich an meinen Plaz vor Gericht stellen könntest; ich werde dich gewiß wieder losbringen, und noch überdieß gut belohnen.

Gregory. O lieber Herr, ich würde mir allerdings eine Ehre daraus machen, im Dienst eines so guten Herrn aufgehenkt zu werden, und würde noch stolz darauf seyn — aber ich fürchte, daß zu viele Leute gegenwärtig gewesen; und es wäre ein großes Vergehen, nur zu denken, daß mich Jemand für Ihre Gnaden ansehen könnte.

Nachtschatt. (Für sich.) Harte Pille zu schluken! — (Laut.) Aber was ist zu thun?

Gregory. Vermachen Sie ihr Vermögen Dero Herrn Sohn, Hans, und flüchten Sie ohne Verzug aus Ihrem Vaterland. Ich will Ihnen sogleich einen sichern Platz in dem Schiff, das nach Frankreich geht, ausmachen; vielleicht komm ich zeitig genug, die Kajütte für sie allein zu miethen, ehe noch andre Missethäter Platz darin genommen haben.

Nachtschatt. Missethäter? — Kerl, laß mich kein Wort mehr von deinem guten Rathe hören! es ist nur die Zeit verdorben; ich brauch bessern Rath — und obschon mich mein Bruder Manlov von wegen des Taubenhauses sehr geärgert hat, so ist er doch in der Hauptsache ein guter Mann, und versteht sein Handwerk. Lauf zu ihm, hörst du? und sag, er möchte sogleich hieher kommen, wegen einer dringenden Angelegenheit — ich weiß, daß er mir seinen Beistand nicht versagen wird, wenn ich ihn wirklich brauche.

Gregory. Ich geh sogleich! (Für sich.) Das ist erwünscht!

Nachtshatt. Aber sag ihm gar nichts von dem Vorfall; überlaß es mir, ihm denselben zu entdecken.

Gregory. Kein Wörtchen, mein Herr! (Ab.)

Nachtschatt. Ich wollt' doch, ich hätt nicht so stark auf ihn gehämmert! — Aber wer hat auch denken können, daß daraus Unheil entstehen würde? Den Eselskopf, den Gregory, hab ich hundert und hundertmal weit härter geschlagen — Es ist zum Erstaunen, wie wenig doch manche Köpfe ertragen können! ich wollt, ich wär bei meinem armen Buben auf dem Lande! — Liebes Glück, rette mich nur noch diesmal

mal aus einem bösen Handel, aus dem nächsten laß immerhin mich selbst, so gut ich kann, herauswickeln! (Ab.)

Zwölfter Auftritt.

Lätizie, der Karl Manlov folgt.

Lätizie. Jezt, mein Herr, seyn Sie von der Güte, mich mit Ihren Aufträgen zu beehren.

Karl. Ich soll, in Sir Manlovs Namen, auf das dringendste bei Ihnen um Erlaubniß bitten, sich Ihnen selbst bekannt machen zu dörfen.

Lätizie. Das ist bereits geschehen. Manlov ist mir ziemlich bekannt. — Glauben Sie mirs.

Karl. (Für sich.) Ha! Sie hat mich entdekt! (Laut.) Miß, wenn Ihnen Manlov bereits in seinem angenommenen Karakter bekannt ist, so erlauben Sie, daß ich diese Bekanntschaft in seinem Wirklichen fortseze.

Lätizie. Der Karakter, den er angenommen, giebt mir keineswegs eine vortheilhafte Meinung von seinem Wirklichen. Die seichte Erfindungen, deren er sich bediente, meinen Verstand zu täuschen, und verborgen zu bleiben, verrathen kein rechtschaffenes Herz.

Karl. (Für sich.) Da hab ich einen dummen Streich gemacht! meine Verstellung als Maler, hat ihr mißfallen.

Lätizie. Auch darf ich sagen, daß er entweder von der Kunst nichts weiß, oder daß er mich für sehr unwissend hält.

Karl. Miß, ich will keine Worte für Manlov verschwenden — was aber seine Kenntniß im Malen betrift, so werden Sie von der Güte seyn, ihn nicht als einen Meister, sondern als einen bloßen Liebhaber in der Kunst zu betrachten.

Lätizie. Ein Liebhaber? das ist eine Gestalt, unter welcher ich Manlov nie zu sehen wünschte!

Karl. Ich verstehe Sie vollkommen, Miß Bellmohr; Sie haben deutlich genug gesprochen. Manlov versteht Sie vollkommen. Ich glaube, daß es nicht nöthig seyn wird, mich weiter zu erklären.

Lätizie. Nein, mein Herr, die Sache ist ganz klar.

Karl. Manlov bleibt also nichts übrig, als alle seine Ansprüche und Hofnungen auf Miß Bellmohr aufzugeben.

Lätizie. Dies wird viel zu meiner Ruhe beitragen.

Karl. Verlassen Sie sich darauf, Ihre Ruhe soll niemals wieder von Herrn Manlov gestört werden — niemals! Leben Sie wohl, Miß! (Ab.)

Lätizie. Dienerin! Er ärgert sich, und es läßt ihm nicht übel.

Karl. (Kömmt zurück.) Wenn Sie ihn wieder hier erblicken, so sagen Sie, daß ich der ärgste Betrüger sei. Ich will die Schuld tragen. Ihr unterthäniger Diener.

Lätizie. Leben Sie wohl! Ich verlasse mich vollkommen auf Sie.

Karl. Ganz auf mich! Eher werd ich sterben, als daß ich mein Wort brechen sollte! (Ab.)

Lätizie. (Allein.) O warum stimmt doch das Glück so selten mit der Natur überein! warum verlieh es diesem jungen Mann nicht das Vermögen des Herrn Manlovs? — oder

Manlov nicht die guten Eigenschaften dieses liebenswürdigen jungen Mannes.

Dreizehnter Auftritt.
Lätizie, Luzie.

Luzie. (In Eil herein.) Wo mag wohl der Mantel hingekommen seyn? alles ist bereit, und es ist kein Augenblick zu verlieren. (Erblickt Lätizien im Suchen und erschrickt. Ach!

Lätizie. Warum so erschrocken? — wohin wieder so geschwind zurück?

Luzie. Ich hab Sie in der That nicht gleich gesehen, Miß! Ich dachte Sie wären auf Ihrem Zimmer.

Lätizie. Aber wo so eilig hin, mein Kind?

Luzie. Ich wollt nur ein wenig ausgehen.

Lätizie. Ausgehen? wohin?

Luzie. Zu meinem Bruder Dibble.

Lätizie. Weßwegen?

Luzie. Wegen einigen kleinen Familien-Angelegenheiten. — Das ists alles! — Ich hätte geschworen, Miß, daß Sie noch mit Ihrem Herrn in Ihrem Malzimmer wären.

Lätizie. Mein Herr? wer ist das, den du meinen Herrn nennst?

Luzie. Hm! hm! (Für sich.) Ich will ihr zeigen, daß ich von ihren Geheimnissen weiß; das wird sie von dem meinigen abbringen! (laut) Ich dachte, Sie seyen bei Sir Manlov — ich verließ Sie ja beisammen.

Lätizie. Bei Manlov? was schwazest du da?

Luzie. Ja, Miß; seyn Sie nicht verlegen — ich schwaze gewiß nicht aus der Schule; und obschon ich den Herrn Manlov in seiner Maler-Verkleidung erkannt habe, so soll es doch keine

Seele von mir erfahren — auf Ehre, keine Seele.

Lätizie. (Für sich.) Manlov ists! Welche Entdeckung! — (Laut.) Luzie, — du kennst also den wirklichen Manlov? — Aber sag mir Mädchen, wer ist der, bei dem ich heute war? — Er nannte sich ja Manlov — Wer ist er denn?

Luzie. O liebe Miß, kennen Sie den Verstellten nicht? Es ist der junge Hans Nachtschatt vom Lande — er ist inkognito in die Stadt gekommen, und fürchtet, sein Vater möchte ihn entdecken.

Lätizie. Wenn sich dieser junge Mensch fürchtet, sein Vater möchte ihn sehen, was bringt ihn denn hieher? — Antworte mir darauf!

Luzie. Miß — ich — ich — kanns eigentlich nicht so recht sagen — was ihn herbringt!

Lätizie. Sprich — aber ja nicht zweideutig! — ich wills durchaus wissen. Ich sah ihn mit deinem Bruder dies Haus verlassen; du wolltest in gröster Eile nach — wegen Familien-Geschäften giebst du vor — aber ich vermuthe, daß du wegen keiner ehrbaren Ursache folgen wolltest. Gesteh mirs — du sollst eher nicht zu deinem Bruder kommen, bis du mirs bekannt hast.

Luzie. Wie Sie befehlen, Miß! aber ich kann einen solchen Verdacht nicht ertragen — gern gestünde ichs Ihnen alles haarklein — wenn ichs vor weinen heraus bringen könnte! (Sie weint.)

Lätizie. Glaub mir, es ist weit besser für dich, wenn du gestehst.

Luzie. Sie müssen also wissen, daß Herr Manlov — ich meine den Herrn Nachtschatt, der sich Herr Manlov nennt, entsezlich verliebt ist — in —

Lätizie. In wen?

Luzie. In mich, Miß.

Lätizie. Und du glaubtest ihm? nicht wahr?

Luzie. Ja Miß, ich hab ihm geglaubt.

Lätizie. Du hast ihm freien Zutritt zu dir erlaubt! gestehs — nicht wahr? und eben bist du im Begriff, ihn bei deinem Bruder zu finden!

Luzie. Nein — ja — Wenn ich aber hingehe, so geschiehts gewiß in der ehrlichsten und aufrichtigsten Absicht von der Welt. O wenn er es wagen sollte, mir ein unanständiges Wörtchen zu sagen, ich würde ihm die Augen auskrazen! Niemand kann sagen, daß ich nur das allerkleinste Fleckchen — nicht so dick als eine Stecknadel breit ist, auf meinem guten Namen sizen habe — Ich werd' eher mein Leben, als meine Tugend verlassen. Er hat mir versprochen —

Lätizie. (Schnell.) Was hat er dir versprochen? was?

Luzie. Mich zu heirathen.

Lätizie. Dich zu heirathen? lächerlich! ha, haha!

Lätizie. (Bei Seite.) Ich wußt wohl, die eitle Kreatur wird aus Neid darüber bersten.

Lätizie. Höre Luzie, ich vergeb' dir, wegen deiner Aufrichtigkeit! — Geh in mein Zimmer — Herr Stapelton kömmt.

Luzie. Als wär ein armes Mädel nicht auch einen reichen Mann werth! (Ab.)

Lätizie. Glückliche! o höchst glückliche Entdeckung! — So? so, mein feiner, verstellter Herr Maler! — ha, zur Strafe für deine Verstellung, und für den Kummer, den du mir gemacht hast, will ich dich ein bischen quälen — aber mein Herz, was sagst du dazu? (Sie fühlt ans Herz.) Es pocht! — Ja ja, ich fürchte, du wirst mir wohl mein Spiel verderben! (Ab.)

Fünfter Aufzug.
Bei Karl Manlov.

Erster Auftritt.
Hans Nachtschatt, Dibble, hernach Karl Manlov.

Dibble. Kommen Sie nur hurtig! das Frauenzimmer wartet auf meinem Zimmer — alle Anstalten sind getroffen — es wird jezt Ihre eigene Schuld seyn, wenn Sie nicht in Kurzem der glücklichste Mann in England werden.

Hans. Halt einen Augenblick, Dibble, halt! Mein Bruder kömmt, und ich kann einer gewissen natürlichen Freude nicht widerstehen.

Dibble. Höchst ungelegen! — (ärgerlich) Sind Sie toll? — beim Himmel, Sie werden das Frauenzimmer darüber verlieren; (für sich) und was noch schlimmer ist, Sie wird ihrem Ritter verlieren.

Karl. (Kömmt.) So, Hans! ich hoffe, mit deinen lustigen Streichen ist's am Ende. Ich finde, du hast ein wenig zu viel ausgeschweift.

Hans. Wer hat das gesagt? — wo hast du das aufgefischt?

Karl.

Karl. Wo ich es am wenigsten zu hören gewünscht hätte! in Herrn Stapeltons Haus aus Miß Bellmohrs Munde.

Hans. Die Miß Bellmohr hats dir gesagt? — Ists wahr? — du wirst gefunden haben, daß ich so ziemlich gut bey ihr angeschrieben stehe, — deine Verbindung hat einen Riß gekriegt. Nicht wahr, Bruder Karl?

Karl. Ich habe meinen förmlichen Abschied erhalten.

Hans. Armer Karl, bist du verabschiedet, deine Person, deine Kutsche, deine Pferde, dein Geld, das alles kann nichts für dich bey ihr ausrichten? — Ein Anderer ist dir vorgezogen — vielleicht — wer weiß — ein dummer Bauerntölpel, etwa wie ich? Hör, möchtest du nicht wissen: wer der glückliche Mensch ist?

Karl. Ich? nein ich verlangs nicht zu wissen.

Dibble. (Heimlich zu Hans.) Was machen Sie? Sie verderben ja alles!

Hans. Ich berste, wenn ichs nicht sag. — Bruder, ich glaub', daß ich dir den Menschen zeigen könnt', der alles das Unheil angefangen hat.

Karl. Und ich glaub, daß du selbst so viel Unheil gestiftet, als nur immer in deiner Gewalt war.

Hans. Hu! ich? — geh, du schmeichelst mir! ein Bauerntölpel sollt an den Plaz eines so gereisten, netten Herrn, wie du, treten? unmöglich! und doch —

Karl. Was? doch —

Hans. Das Zeichen hier an meinem Finger — da sieh! — ich denk, daß Miß Bellmohr diesen Ring noch zeitig genug tragen wird.

Karl. Ein Hochzeitring! —

Hans. Ich kaufte ihn für die Miß, und nahm selbst das Maaß von ihrem Finger dazu.

Karl. (Zu Hans.) Was? du, du willst Miß Bellmohr heurathen?

Dibble. (Zu Hans.) Schweigen Sie doch lieber Ritter! ich bitte, kommen Sie fort.

Hans. Halts Maul! (Zu Karl.) Ich! ich, und nicht der feine, gereiste Sir Manlov! Hier ist ein Zeuge, der alles, was ich sage, bekräftigen wird.

Dibble. (Will sich fortschleichen.)

Hans. Wo wollt ihr hinlaufen? sagt meinem Bruder, was ihr wißt; sprecht von der Liebesflamme der Miß Bellmohr, zu dem gewissen, unbedeutenden, unwissenden Kerl, der Hans Nachtschatt heißt.

Dibble. Pfui der Schande, mein Herr! so von Frauenzimmergunst zu reden!

Karl. Du siehst, daß dein Freund behutsam ist.

Hans. Er soll hängen! — er ist nicht umsonst ein Advokat. Aber, so sprecht doch, ihr seyd ja kommen, mich zu Miß Bellmohr abzuholen — die Miß ist in eurem Haus — und ich soll der Mann des Frauenzimmers werden— so ists, bei meiner Seel! nicht wahr, Dibble?

Dibble. Ja — so ists —

Karl. So kann die Sache nicht seyn. — Herr! laß er sich ein wenig näher ausforschen.

Hans. Forsch ihn nur recht aus — (indem er Dibble in die Mitte schleudert.) — der Haas wird dir von selbst ins Garn laufen.

Karl. Er sagt also: das Frauenzimmer wär in seinem Hause? — Antwort, was für ein Frauenzimmer?

Dibble. Mein Herr — ich glaube — was für ein Frauenzimmer? — fragen Sie, was für ein Frauenzimmer in meinem Haus ist?

Karl. Ja, mein Herr! und ohne viele Umstände.

Dibble. Das Frauenzimmer in meinem Hause halte ich noch immer für die Miß Bellmohr.

Hans. Ich dank dir für deinen Rock, Bruder — du siehst, er hat Eindruck gemacht.

Karl. Nur ein wenig Geduld! — Er hält sie also für die Miß Bellmohr? — beschreib er mir doch ihre Person —

Dibble. Wenn ich nur geschickt gnug wäre —

Karl. Wir beyde wollen mit einhelfen. Hat nicht Miß Bellmohr ein feines länglichtes Gesicht?

Dibble. Ja, länglicht fein — —

Hans. Unrecht gesehn! — Ihr Gesicht ist schön rund, wie der liebe Vollmond.

Karl. Ihre Leibesgestalt ist edel zart —

Dibble. Ja, das ist sie —

Hans. Das ist sie nicht! — Hübsch voll und körnicht ist meine liebe Miß.

Karl. Großes himmelblaues Auge —

Dibble. Ja ja! schön himmelblau groß —

Hans. Schon wieder falsch gesehn! Sie hat ein so niedliches paar Liebesäugelein —

Karl. Ist sie von Person, klein oder groß?

Dibble. Ich habe sie nie gemessen — aber ich halte sie doch nicht für klein.

Hans. Tod und Teufel! — Ich glaub, ihr seid besoffen! Nicht klein, wäre sie? — Eine ganze Spanne bin ich größer noch — —

Karl. (Zu Dibble.) Hör, Bursch! laß dir ein Wörtchen ins Ohr sagen —

Dibble. (Für sich.) Gefangen bin ich, so wahr als ich hoffte Richter zu werden!

Karl

Karl. (Heimlich.) Du haſt eine Schweſter, die dieſer Beſchreibung gleichet — Kerl, du biſt entdeckt — biſt ein Schurk!

Hans. Halt, halt! keine Heimlichkeiten hier.

Dibble Lieber Sir, ſeyn Sie nicht ungnädig auf mich. Herr Nachtſchatt da, hat zuerſt Ihren Namen geborgt, und meine Schweſter, um den Spaß vollkommen zu machen, nahm ſich die Freyheit, der Miß Bellmohr ihren anzunehmen — Ein bloßes Späßchen!

Karl. Was? mein Bruder hätte bei Miß Bellmohr meinen Namen angenommen?

Dibble. Allerdings, mein Herr! und ſie heißt ihn noch in dieſem Augenblick: Sir Manlov.

Karl. Fort, aus meinen Augen! dieſe deine Entdeckung ſoll dir noch deine Ohren erhalten.

Dibble. In der That — wir ſind alle verlohren — Ich muß geſchwind der Luzie ſagen, daß ſie nun ſich ſelber aus dem Handel hilft. (Ab.)

Hans. Holla, Holla! wo lauft Dibble hin?

Karl. Dero unterthäniger Diener, Sir Manlov! — was? du raubſt mir meinen Namen — und noch meinen guten Ruf dazu? — Ha! das iſt zu viel! — doch, ich muß dich retten.

Hans. Halt mich nicht auf! — Iſt das aufrichtig gehandelt? Sag wo iſt Dibble hin?

Karl. Er mag ſeyn, wo er will! Er hat dich zum Narren gehabt.

Hans. Ja? aber ich bin kein Narr, daß ich dirs glaube! Laß mich gehen!

Karl. Hans! nimm doch Räſon an!

Hans. Ja? und indeß du mir die ſchöne Dinge da vorplauderſt, kann ich meine ſchöne liebe Dame verlieren!

Karl. Deine Dame? — Gib acht, daß es nicht gar ihre Dienstmagd ist!

Hans. Die Magd? — ah Bruder, dazu bin ich zu schlau! doch, du hast mich verteufelt vorwitzig gemacht; und die Wahrheit will ich — muß ich raus haben! — so laß mich doch gehen! — Ich will gehen — das ist genug! (Reißt sich los und läuft ab.)

Karl. (im Nachgehen.) Nicht ohne mich! wir gehen miteinander — unser beyder Glück beruht auf dieser Entdeckung.

Zweyter Auftritt.

In Stapeltons Haus.

Sir Manlov, Nachtschatt.

Nachtschatt. Laß uns immer hoffen, Bruder, daß das Gericht diesen Handel in eben demselben Licht betrachten werde, als —

Manlov. Es ist ein kizlich Ding um die Gerichte! wenn bewiesen werden kann, daß die That nicht mit Vorsatz und Ueberlegung, sondern in der ersten Hize und im Zorn geschehen ist — —

Nachtschatt. Aber weiß es nicht die ganze Welt, daß kein hitzigerer Mensch auf Gottes Erdboden lebt, als ich?

Manlov. Du hast mir wohl zuweilen gesagt, daß ich hizig wär', aber von dir selbst hab ich ein solch Geständniß niemals gehört.

Nachtschatt. Puh! — bleiben wir jezo bey der Hauptsache!

Manlov. Gieng kein Streit vor der That her?

Nachtschatt. Streit? — Nein! und wenn ich auch gestritten hätte, so wärs mit Worten.

Manlov. Ist dies das Rohr, womit du ihn geschlagen hast?

Nachtschatt. Das ist die Gerte. — Ich kanns nicht anders nennen.

Manloo. Ich besorge, das Gericht wird's für ein Mordgewehr halten.

Nachtschatt. Sag, war das seinige nicht auch ein Mordgewehr? Ich glaub, die ganze Stadt hält's dafür. Man mag krank oder gesund seyn, so ruhen diese vermaledeyte Hörner nicht. Was ich gethan hab, war blos Selbstvertheidigung.

Manloo. Ich befürchte man wird beym Gericht nicht so denken! Wenn du nur eine Wunde aufzuweisen hättest, wodurch die Stärke deines Schlages könnte gerechtfertigt werden, so —

Nachtschatt. Eine Wunde? — Ich hab eine Wunde, die so schlimm ist, wie die seinige. Der ganze Unterschied ist, die meinige ist inwendig im Kopf, und seine auswendig. Er hat mirs Ohrenfell zerrissen.

Manloo. Was schwazest du vom Ohrenfell? — wenn du nur so glücklich gewesen wärest, einen Finger, ein Aug oder ein paar Zähne verloren zu haben, so würde dies der erwünschteste Verlust gewesen seyn; und — —

Nachtschatt. — Aber Bruder du bist ein Narr mit deinem schönen Wunsche! sag mir kurz und gut, was ich zu thun habe?

Manloo. Die That bereuen, und Strafe zahlen — das ist alles!

Nachtschatt. Recht gern! — Wenn ich aber für meinen Fehler soll gestraft werden, wofür brauch ich ihn denn noch zu bereuen?

Manlov. Noch eines Bruder! daß du dich mir feyerlichst verbindest, niemals wieder deine Hand gegen eine lebendige Creatur aufzuheben.

Nachtschatt. Je nu — ich wills in der That nicht mehr thun. Ich dachte freylich, alle Hirnschalen wären so hart, wie des Gregory seine.

Manlov. Du mußt auch den Gregory ungeschlagen lassen. Ich will so gar das Vieh vor deiner Wuth in Sicherheit gestellt wissen. — Grausamkeit darf unter keiner Gestalt ausgeübt — und die Natur in keinem ihrer Werke verletzet werden. Versprich mir das also bei der Treue eines ehrlichen Mannes — dann versprech ich dir, dich so gut ich kann, aus diesem bösen Handel zu reissen.

Nachtschatt. Sieh, Bruder, ich bin ganz von der Tollheit und Raserei dieser Sache überzeugt; da es aber unmöglich vorauszusagen ist, wohin einen die Versuchung verleiten kann, so — (wirft den Stock hin.) Da liegt das verfluchte Mordgewehr; brauch es wer da will! — Ich will nie wieder einen Stock in die Hand nehmen, als bis ich an Krücken gehen muß.

Manlov. Wenn das, wie ich glaube, dein völliger Ernst ist, so will ich den Kopf, den du zerschmettert hast, in die Kur nehmen. Komm mit mir, du sollst sehen, was ich für Geschäfte, wenn es nöthig ist, und wie geschwind ich sie zu Ende bringen kann. (Gehen ab.)

Dritter Auftritt.

Lätiziens Malzimmer.

Luzie und ein Bedienter tragen die Stafeley mit einem Portrait, dann die Gliederpuppe, die nunmehr angekleidet ist, ꝛc. ꝛc. hervor. Lätizie hat Pallet und Pinsel in den Händen, sezt sich an die Stafelei, und betrachtet das Portrait.

Lätizie. Diese Pinselstriche sind mir herrlich gerathen! — Welche Anmuth und Leben sie dem Bilde geben! das lezte Sizen des Herrn Stapeltons war das entscheidendste Es däucht mich, daß ich niemals glücklicher gewesen bin. Sieh, Luzie! Gleicht es? sprich!

Luzie. Ob es gleicht? — Zum Sprechen! — Es ist Herr Stapelton mit Leib und Seele! — nur die Sprache fehlt — herrlich!

Lätizie. Weil mirs so von der Hand geht, will ich in dieser meiner Begeisterung die Draperie ganz ausmalen. — Mein Kind, ich habe deine vorige Bitte reiflich erwogen — ich denk, ich muß dir doch vergeben — Reue des Herzens und Thränen kann ich nun einmal nicht widerstehen! — — Ich glaube, dein Bruder war am meisten Schuld! — Du sagst also, dieser Maler sei Sir Manlov gewesen?

Luzie. Er — er selbst, Miß; und gewiß ist er der liebenswürdigste Mann von der Welt! wenn Sie sichs zu erinnern belieben wollen — ich sagts Ihnen gleich den ersten Augenblick, als ich in gesehen hatte. Ein so artig — so fein — so wohlerzogen — so vollkommener Herr! — Finden Sie, daß ich den Gliedermann so recht angezogen habe? (Indem sie ihn zurecht stellt.)   Lä-

Lätizie. Ja. — Laß den Arm, ganz natürlich fallen — so ist's recht! — Jezt wende ihn zur Seite gegen mich — nein, zur andern Seite! — noch ein wenig mehr! — Halt, laß es mich selbst thun — Jezt geh auf die Seite — nun ist's recht!

Bedienter. Haben Sie noch was zu befehlen, Madam?

Lätizie. Nein: ja, wenn der junge Herr, der diesen Morgen hier bei mir war, wieder kommen sollte, so führt ihn gerade herauf, zu mir in dies Zimmer. Hört ihr?

Bedienter. Der Maler?

Lätizie. Ja — der Maler — wie ihr ihn kennt.

Bedienter. Miß, er ist so eben in den Hof gekommen.

Lätizie. Wirklich? — so thut, was ich euch befohlen habe! (Bedienter ab.) — Richtig! — richtig, er hat den Irrthum, so wie ich, entdeckt.

Luzie. Miß, erlauben Sie, daß ich den Herrn Manlov herauf führe.

Lätizie. Thu's, thu's Luzie! (Für sich ans Herz fühlend.) Böses Herz ich sagt es ja, du würdest mir arge Streiche spielen! Hör Luzie! sag ihm kein Wörtchen davon! — nichts, daß ich ihn kenne! (Luzie ab.) Seltsam, wie ich doch dem schelmischen Mädchen ihre Betrügerey so leichtlich vergeben konnte! — Eigene Schwachheit macht uns tolerant gegen andere. — Ich hör ihn kommen! — Ich will mich anstellen, als arbeitete ich — ob ich schon so verwirrt bin, daß ich keine Farbe von der andern unterscheiden kann.

Vier=

Vierter Auftritt.
Lätizie, Karl Manlov.

Lätizie. Wie reizend er ausfieht! (Sie steht auf.)

Karl. Ich bitte tausendmal um Vergebung — aber lassen Sie sich nicht stören, Miß!

Lätizie. Ihre Bitte scheint überflüßig — denn Sie sehen, ich bin ohne alle Zeremonie gegen Sie.

Karl. Sie sind so gefällig! — Noch einmal wag ich es, Ihre Geduld zu mißbrauchen.

Lätizie. Sie sind allezeit willkommen! — aber kommen Sie doch näher — ich muß durchaus Ihr Urtheil über dieses Porträt wissen; wie gefällt Ihnen dieses Stück Arbeit?

Karl. Alles, was aus Ihren Händen kommt, ist vortreflich! — Aber verzeihen Sie, ganz andere Gedanken, ganz andere Empfindungen fesseln meinen Sinn! — Ich möcht keinen Augenblick von dieser glücklichen Gelegenheit verlieren, um Ihnen —

Lätizie. Wie Sie mir doch zu schmeicheln wissen; beinahe machten Sie mich stolz! — Nehmen Sie Plaz! — Diese Draperie macht mir in der That viel zu schaffen — (Für sich) ich bin ganz verwirrt! — Sezen Sie sich doch! — Die Modekleider sind so steif, so gezwungen — rathen Sie mir, wie soll ichs anfangen? — Hier, nehmen sie die Kreide — nehmen sie, es hilft keine Entschuldigung — obschon Sie so sauber und galant angezogen sind — Sie müssen mir doch helfen — ich lasse Sie nicht von der Stelle.

Karl. O ich bitte, entschuldigen Sie mich! (heftig bewegt.) Mein ganzes Glück steht jezt auf der Spize — mein Herz ist voll — und es muß sich endlich ergiessen.

Lätizie. Ich wette, Sie wollen wieder von dem alten Gegenstand anfangen? Sir Manlov —

Karl. Ich gestehs — von ihm will ich reden.

Lätizie. Pfui, pfui! erinnern Sie sich an Ihr voriges Versprechen! — — Gesezt ich werfe dieses Tressenkleid weg, und lege dem Bild ein Gewand nach meiner eigenen Fantasie an? — was halten Sie davon?

Karl. Nichts! — denn hiebei gilt mein Urtheil nichts. — Ich besize keine Kunst — ich bin ein Betrüger — auf meinen Knien bitte ich sie — verzeihen Sie mir, und hören Sie mich an.

Lätizie. Ums Himmels willen, fassen Sie sich, mein Herr, und lassen Sie sich doch nicht durch den Eifer für Manlov so weit verleiten — ich will Ihnen durch ein freiwilliges Geständnis alle diese Mühe ersparen — seitdem ich Sie das leztemal verlassen, hab ich vollkommen meinen Sinn geändert.

Karl. Geändert? und auf welche Art?

Lätizie. Wie Sie gleich hören sollen! — Ich denk jezt von Manlov so günstig — als Sie es nur immer selbst wünschen —

Karl. Miß! —

Lätizie. Ich ahnde, daß ein Frauenzimmer recht glücklich seyn muß, welches ein solcher braver Junge mit seiner Hand beehret.

Karl. In der That? — ich darf also hoffen, daß Sie sich herablassen werden, seinem Antrag Gehör zu geben?

Lätizie. Das ist eine sehr nachdrückliche Frage — sie bringt in das Innerste des Herzens. —

es ist gar nicht leicht Manlov etwas abzuschlagen.

Karl. (Für sich.) Ich bin wie vom Bliz getroffen! — so hätte der Bube die Wahrheit geredet? Sie ihn lieben? — ha, ich wär verloren!

Lätizie. Wie doch Ihr Blut sogleich in Wallung geräth! — Ists meine Schuld, daß Sie sich nicht mit dem begnügen wollen, was ich für Ihren Herrn Manlov zu thun bereit bin? Es beleidigt Sie, wenn ich Ihren Freund ausschlage, — und Sie sind bestürzt, wenn ich seinen Antrag annehme?

Karl. (Für sich.) Welche Marter! (Laut) So wissen Sie also, daß es nicht für einen Freund, sondern für mich selbst ist, was ich spreche.

Lätizie. Ganz recht, und so sag ich Ihnen, daß ich immer bei meinem vorigen Bekenntniß bleibe — was Sie mir sagen, ändert meine Achtung für Manlov nicht im geringsten.

Karl. (Für sich.) So hätt ich sie also verloren? (Laut.) Dieser junge Manlov ist mein jüngerer Bruder. Er hat Sie unter einem erdichteten Namen geblendet — und ich, dem dieser Name wirklich zugehört — werde nun zurück gestoßen.

Lätizie. O wie ihr weitaussehende Witzlinge doch manchmal so gar blödsichtig seid! Wollen Sie mein Manlov seyn — wollen Sie glauben, was ich nur von dem sage? oder wollen Sie noch Ihren Namen Ihrem Bruder überlassen — und mich wiederholen hören, was ich gestern von ihm gesagt habe?

Karl. (Mit höchstfeurigem Ausdruck.) O ich will glauben, was Sie wollen! — will seyn, zu was Sie mich bestimmen! der Glücklichste aller Sterblichen in Ihren Armen! (Er küßt ihre Hand.) Nun will ich den sehen, der glücklicher ist, als ich!

Lätizie. (Ihn zärtlich anblickend.) Lieber Manlov! — wir werden unterbrochen! — Sehen Sie, da kömmt Ihr fürchterlicher Nebenbuhler! — Ah, der hätte bald eine saubere Verwirrung angerichtet! — Kommen Sie, mit mir zur Madam Stapelton! (Gehen ab.)

Fünfter Auftritt.

Hans Nachtschatt, hernach Luzie.

Hans. Bst! bst! Bruder Karl! — Er will nicht zurück kommen — und ich darf ihm nicht folgen; ich möcht unserm alten Murrkopf sonst in den Rachen laufen! — So wahr ich lebe, ich geh eben so furchtsam in dies Haus, als ich über eines Andern Hasengeheeg reite. — Poz, Wetter, da kömmt endlich's Mädel selbst! O pfui, pfui Miß!

Luzie. (Kömmt eilig herein.) Still! still mit Ihren Vorwürfen! Kein Wort! — Ihr Herr Vater folgt mir auf dem Fuße nach!

Hans. Mein Vater? Höll und Teufel, was fang ich jezt an!

Luzie. Hier verkriechen Sie sich hinter den hölzernen Mann! ducken Sie sich! — noch mehr! — ich will die Vorhänge und Läden geschwind vormachen — diesen Dienst bin ich Ihnen wenigstens schuldig. — Ducken Sie sich ja recht klein zusammen!

Sechster Auftritt.

Nachtschatt, die Vorigen.

Nachtschatt. So, so! was geht hier vor? Finsterniß bei hellem Mittag! (Zur Gliederpuppe.) Diener Herr Stapelton! — o ich seh euch doch! — da sizt ihr ja! — Schöne Schliche in eurem Alter! Ihr verkriecht euch mit eurer Stubenmagd in finstere Winkel? — heißt das eine ehrbare Aufführung? — O, o wenn eure Frau dergleichen thäte!

Hans. Ums Himmelswillen, halt ihn ab! Er kommt näher!

Luzie. Wo wollen Sie hin, mein Herr? — Verlassen Sie doch dies Zimmer! Ihre Gesellschaft ist ihm jezt ungelegen. Sehen Sie nicht, daß er sich übel befindet.

Nachtschatt. Der arme Mann! — Ihr schließt also das Tageslicht aus der Stube hinaus, damit ihm besser werde? — Ihr seid sein Wachdoktor? Ihr tröstet ihn, ja wohl — ich denk, er brauchts! — Schämt euch, Stapelton! — was? Ihr wollt nicht reden? nicht?

Siebenter Auftritt.

Die Vorigen. Frau Stapelton. Hernach Sir Manlov, und Stapelton.

Nachtschatt. (Fährt fort.) Hier kömmt Jemand, der euch schon die Zunge lösen und euch bewegen lehren wird! — Hier Madam! ist Ihr zärtlicher Mann! hier haben Sie ein sauberes Gemälde von ehelicher Treue!

Fr.

Fr. Stapelton. Ein Modell zu Gemälden; In der That, wie ich sehe, unterhalten Sie sich hier mit nichts anders. Aber warum machts Mädchen die Fensterläden und Vorhänge zu? — was stehst du da? (Luzie geht weg, um Tag zu machen; nun erblickt sie den Hans.) Hoho! was seh ich? Stapelton und Sir Manlov kommen.)

Stapelton. Was? mein alter Freund in Conferenz mit dem hölzernen Mann? — diesem da, Freund Andreas, könnt ihr immerhin den Kopf einschlagen! — dabei giebts kein Unheil.

Luzie (hat nun Tag gemacht.)

Nachtschatt. Wie? zum Teufel, ich hab ihn in der That für euch selbst angesehen, und ärgerte mich aufs Blut, einen ehrlichen Bürger, mit einem Mädchen im Dunkeln, in so großer Versuchung zu finden.

Manlov. Komm, Bruder, du hast deine Lektion gegen den Zorn empfangen; laß dir das eine Warnung seyn, dich auch in Zukunft vor allem Verdacht zu hüten.

Nahtschatt. Bruder, du weißt, ich kann weder Lektionen noch Ermahnungen außstehen; ich sah meinen Fehler ein — und das ist genug!

Fr. Stapelton. Ja, aber sie sahen noch nicht alles, mein Herr; es ist noch mehr hinter der Szene verborgen. Der größte Ihrer Fehler, mein Herr, ist hier noch verborgen.

Nachtschatt. (sieht umher, und bemerkt Jemand hinter dem hölzernen Mann.) Was, zu allen Teufeln, steckt hier? — Komm hervor, laß mich dein Gesicht sehen! (erblickt Hans.) Mein Sohn, Hans? — Tod und Hölle! mein Bube, so wahr ich lebe!

ein Lustspiel. 93

Manlov. Hier folgt Gericht auf Gericht! Verhör auf Verhör!

Nachtschatt. Wer von Euch hat den Komplot da gemacht? — o du unaußsprechlich, abscheulich-niederträchticher Pudel! du Hund — du Jagdhund du! den ich für mein Herz erzogen! — Hans! — Hans! Hans! für alles was ich für dich that, mich so behandeln! — du, dessen ich mich allzeit gerühmt habe, du, die Stütze meines Alters! — — Hätt' ich nur meinen Stock, um dir das Hirn einzuschlagen! — Ja, ja, ja! das wollt ich, Bube!

Manlov. Halt! halt! nichts mehr davon! erinnere dich deines Versprechens.

Nachtschatt. Und in diesem kostbaren Kleid! so viel Silber sitzt auf dem Rock — als ein kleiner Rittersitz kostet! Kerl! wie bist du zu diesem Verschwörungsrock gekommen? — Wer half dir in diese Narrenlivree kriechen? antworte!

Hans. Vater — er ist nicht mein! der Rock gehört dem Bruder Karl.

Nachtschatt. Siehst du Bruder Manlov! das ist also dein feiner Herr? eine saubere Nachricht! Du, der Verführer, der Verderber meines Kindes.

Stapelton. Sey geduldig Freund Andreas!

Nachtschatt. Ich will nicht geduldig seyn! Hab ich nicht das väterliche Privilegium, meinen Zorn an meinem Buben auszulassen? — Sag mir Hans! was hat dich in die Stadt gebracht? — wer hat dich hieher verführt? — sprich! — nicht wahr, eben der Modenarr, der dir diese Harlekins-Jacke geliehen hat?

Hans. Nicht doch lieber Vater! Es war so eine kleine Schwärmerey von mir selbst, Karl wollt', daß ich gleich wieder nach Haus reisen sollt.

Manlov. Heißt also das verführen?

Hans.

Hans. Und ich hätts auch gethan, wenn ich nicht gleich so von ohngefähr in einen Liebeshandel mit einem jungen Frauenzimmer in diesem Haus gerathen wär.

Fr. Stapelton. Was sagen Sie? Liebeshandel?

Stapelton. Mit meinem Pflegkind, der Miß Bellmohr? — unmöglich! das kann nicht seyn! das ist nicht!

Luzie (für sich) Ha! nun gehts an mein Verhör! es ist Zeit zu reisen — (Will ab.)

Hans (Zu Luzie.) Halt! halt! bleiben Sie! meine ganze Vertheidigung beruht auf Ihnen, Miß! — Bleiben Sie, wo sie sind!

Nachtschatt. Ha, laß uns hören, was an der Sache ist! — Sag noch mehr von dem Liebeshandel! — sprich!

Hans. In der That mein Liebeshandel war von kurzer Dauer. — Die Miß kam — Dibble hatte die Kommißion — und ich hab den Ring gekauft — das ist's alles!

Stapelton. Junger Mann, sprecht ihr ohne Sinnen? faßt eure Vernunft zusammen!

Nachtschatt. Fahr fort! — Der Bube redet recht — er soll reden; — und rauh angefahren darf er nicht werden! — hört ihn aus — sprich!

Hans. Wie ich sagte, Vater! ich würde die Miß Bellmohr auf der Stelle geheurathet haben, — hätte mein Bruder Karl mir nicht einen Prügel in den Weg geworfen.

Nachtschatt. Seht ihrs nun? seht ihrs? — was sagt ihr nun, um euren Günstling zu rechtfertigen? — Mein Sohn, beweiß jezt, was du gesagt hast — und ich will dir Gerechtigkeit verschaffen, sollt michs auch mein ganzes Vermögen kosten.

Hans. Iſts Euer Ernſt, Vater ſo will ich alles geſtehen! — Horcht auf! der Bruder Karl ſtellte gewaltig nach dem Frauenzimmer, — deßwegen wollt er mir weiß machen, daß man mich nur zum Narren habe; und daß das Mädel, das ich heurathen wollte, die Miß Bellmohr nicht wär.

Nachtſchatt. Da! — da hört ihrs, ſo, wie's von der Zunge der Wahrheit und Unſchuld rein weg kömmt! nun ſeid ihr doch überzeugt, hoff ich? Ich bitte, laßt das Frauenzimmer ein bischen hereinkommen.

Hans. Hereinkommen? Ein ſchöner Spaß! da ſteht ſie ja!

(Alle, den Nachtſchatt ausgenommen, lachen.)

Nachtſchatt. Du biſt alſo? — dieſe da, iſt deine Geliebte —

Hans. Ja Vater, das iſt ſie — ich hoffe ſie gefällt euch?

Stapelton. Was? — Luzie Dibble? ſie wäre —

Manlov. Die Schweſter meines Schreibers!

Nachtſchatt. Tod und Teufel! ein Stubenmädel!

Fr. Stapelton. O du verdammte Kreatur! was kannſt du zu deiner Entſchuldigung ſagen?

Luzie. Ich bin hier nicht mehr im Verhör Madam, denn Miß Bellmohr hat ſchon meinen Pardon unterzeichnet. Aber was dieſen Herrn da betrift, wenn ich ihn auch ſchon unter meiner Herrſchaft Namen betrogen habe, ſo geſchahs, weil er mich mit gleicher Münze bezahlt hat; weil er gleichfalls ſeines Bruders Namen angenommen. — Die Originale, ſo wir vorgeſtellt haben, ſind nicht gegenwärtig; wenn ſie aber kommen, ſo laßen Sie mich der Miß Bellmohr

mohr zur Seite stehen, und dieser Herr hier, stehe zur Seite seines Bruders, und dann entscheide die unpartheyische Welt, wer von uns beiden der gröste Betrüger ist?

Hans. Du verwetterte Rabenhexe, du!

Manlov. Ruhig! Hans! willst du deinen Muth an einem Weibsbild versuchen?

Hans. Beim großen Jupiter! noch ehe dieser Tag vorbei ist, will ich dem Advokat Dibble alle Knochen zerschlagen.

Stapelton. (Zu Luzie.) Du verdienst Strafe Luzie! die Tochter eines Bedienten ist keine schickliche Parthie für einen Ritter.

Nachtschatt. Wohlgesagt, Herr Stapelton!

Luzie. Wahr, mein Herr! — aber der Bediente hat seine Tochter wie ein Herr — der Herr aber seinen Sohn wie ein Bedienter auferzogen. (Ab.)

Manlov. Bruder Andreas!

Nachtschatt. Pah!

Hans. Vater, der Stich vom Mädel gieng auf euch; habs wohl gemerkt!

Nachtschatt. Halts Maul, Dummkopf! — Pack dich fort nach Haus, aufs Land — bau's Feld an! arbeite unterm Joch; dazu hat dich die Natur bestimmt.

Manlov. O Bruder, gieb ja der Natur die Schuld nicht. Wäre Hans von mir, und Karl von dir erzogen: wer weis ob dann — —

Achter Auftritt.

Die Vorigen, Karl Manlov, Lätizie.

Manlov. Ha, Karl du kömmst erwünscht! — Bruder, leg deine Vorurtheile ab! Verbanne Groll und Rache aus deinem Herzen. Sieh hier
die-

diesen Jüngling an, er ist auch dein Sohn — du bleibst sein Vater! — Es ist möglich, Weltkenntnisse zu erlangen, ohne von der Welt Laster angesteckt zu werden.

Nachtschatt. Ganz wohl! — Aber meinen Hans will ich zur Strafe enterben! —

Hans. Der Vater darf mich nicht enterben, das weiß ich schon.

Nachtschatt. Nu, so will ich gar nicht sterben! ewig will ich leben; — nur, um ihm das Leben recht sauer zu machen, will ich euch allen zum Troz leben. Er soll nichts zu nagen und nichts zu saufen haben — als Regenwasser und Eicheln!

Manlov. So wird er auch bei mir bleiben, wie dein Sohn Karl.

Nachtschatt. Ist das Ernst, Bruder, (Zu Hans.) Bursch, ich verzeih' dir — behalte dich bei mir, so lang ich lebe; — füttere und plage dich, so gut ich kann! Komm Hans, ich will dich lieber mit mir aus der Welt nehmen, als beim Bruder Manlov in die Schule gehen lassen.

Hans. Vater! Behaltet die Postkutsche zur lezten Reise, lieber für euch allein! —

Nachtschatt. Hinunter Hans mit dieser Masleradenjacke! Bis du deine natürliche Kleidung wieder auf dem Leibe hast, will und kann ich dich nicht vor meinen Augen haben. Marsch also fort!

Hans. (Traurig abgehend.) Lebt wohl Onkel! — Bruder Karl leb wohl!

Karl. Und ich sollte Sie so weglassen, ehe noch mein Glück durch Ihre Einwilligung vestgesezt wäre? Mein lieber Vater! ich bitte — —

Lätizie. Auch mein Bitten soll vereint mit Karl ihres rechtschaffenen Sohnes Bitten — —

Nachtschatt. Wozu hier meine Einwilligung! Ich weiß von keinem andern Sohne als von meinem Hans. Der Vater von dem feinen galanten Herrn steht dorten —

Luzie. So wollten Sie mich nicht als Tochter annehmen, und wir möchten doch beyde so gern Ihre Kinder seyn.

Karl. Blicken Sie auf dies holde Lächeln der Gefälligkeit und Liebe —

Nachtschatt. Narrenspossen! laßt mich los! Heirathet euch meinethalben. Pflanzt eure Narrheit auf Enkel und Urenkel fort. Es wäre Jammer und Schade, wenn die Narren aussterben sollten. Seid immer darauf bedacht einem so großen Weltübel mit abzuhelfen. — Aber sehen und hören mag ich nichts von allem, nicht von euch, nicht von eurer großen Stadt, nichts von der ganzen feinen Welt. Und hiemit Holla! (Eilt fort.)

Manlov. Alle Besserung hoft man hier vergebens! — Es bleibt wahr: ein solcher Karakter, wenn er nicht in der ersten Jugend gebessert wird, bleibt im spätern Alter unheilbar! —

Stapelton. Lassen wir ihn, und machen diese lieben jungen Leute glücklich; wenn meine Ueberredung von einigem Gewicht wäre — —

Fr. Stapelton. Ueberredung ist wirksam, wenn Neigung des Herzens beystimmt. —

Stapelton. Die Sache ist also richtig, und noch in dieser Woche haben wir Hochzeit.

Fr. Stapelton. Pfui, Stapelton! — du übereilst dich ein wenig zu sehr in dieser so wichtigen Sache.

Stapelton. Je nun, haben ich und du nicht die nämliche Sache in einer Woche ausgemacht?

Fr. Stapelton. Es währte wohl etwas länger; glauben Sie ihm nicht, Lätizie.

ein Luſtſpiel. 99

Lätizie. Vergeben Sie, Madam; aber ich glaube Herrn Stapelton in dieſer Sache eher als Ihnen. Herzen, die für einander geſchaffen ſind, können ſich in kurzer Zeit durch wechſelſeitige Uebereinſtimmung und Sympathie vereinigen.

Manlov. Glaubſt du das, Mädchen? — weg alſo mit allem Aufſchub — weg mit aller Zeremonie — weg mit Umſchweifen — und je eher je lieber, mit dieſem lieben Brautpaar zum Altar!

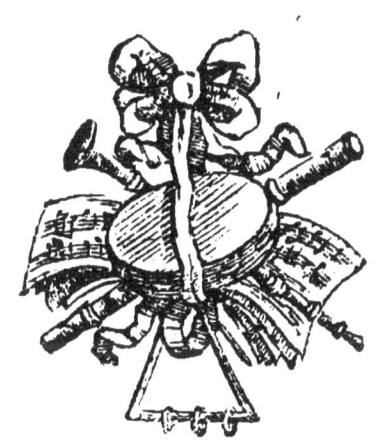